알퐁스 도데 단편집

일러두기

- 이 책은 Alphonse Daudet, 『*Lettres de mon Moulin*』(Project Gutenberg, 2011)과 『*Contes du Lundi*』(Project Gutenberg, 2015)를 참고했습니다.
- 이 책에 실린 각각의 단편소설은 원작을 완역한 것입니다.

알퐁스 도데 단편집

알퐁스 도데 지음

림

알퐁스 도데

19세기에서 20세기로 넘어가는 전환기에 어울리게 더 '현대적'인 초상사진을 만들어낸, 프랑스의 사진작가 폴 나다르(Paul Nadar, 1856~1939)가 1891년경에 찍은 알퐁스 도데 사진.

풍비에유에 있는 '알퐁스 도데의 풍차'

아를 근교의 마을 퐁비에유에 현존하는 풍차로, 1935년 '알퐁스 도데의 친구'라는 단체가 작가에게 공헌하는 의미로 복원한 기념관이다. 도데의 작품과 세계 각국의 번역본, 집필 당시 사용한 도구, 편지 등이 전시되어 있다.

알퐁스 도데 단편집 **차례**

풍차 방앗간에서 보낸 편지

월요일 이야기

Lettres de mon Moulin

풍차 방앗간에서 보낸 편지

계약

팡페리구스트에 거주하는 공증인 오노라 그라파지 앞에 비베트 코르니유 부인의 남편 가스파르 미티피오 씨—시갈리에라는 곳의 자작농으로서 그곳에 거주하는—가 출두하였음.

상기(上記)자는 이 문서에 의거하여 프로방스 지방 한가운데 론강 유역에 위치한 풍차 방앗간을 파리 거주 시인 알퐁스 도데 씨에게 일체 채무나 권리, 담보 없이 매도·이양하기로 계약을 체결하였음.

바람의 힘으로 밀가루를 빻는 이 풍차 방앗간은 소나무와 참나무가 우거진 언덕에 위치하고 있으며 20년 동안 버려진 상태로 야생 포도나무, 이끼, 로즈메리와 온갖 잡초들이 풍차 날개까지 뒤덮고 있어 곡식 빻는 기능을 할 수 없음.

큰 도르래는 부러지고 바닥 벽돌 틈에 잡초가 무성하게 자라고 있는 상태임에도 불구하고 도데 씨는 상기 방앗간이 그의 취향에 맞으며 그의 시작(詩作) 활동에 도움이 된다고 밝히고 상기 건물이 지닌 파손 위험을 본인이 감수하고 차후 발생할 수 있는 수리비를 일체 매도자에게 청구하지 않기로 함.

본 매매 거래는 일괄 거래로 이루어져, 시인 도데 씨가 합의금을 본 공증인 사무실에 현금으로 위탁하고 그 돈을 미티피오 씨가 직접 수령함으로써 효력이 발생함. 이 모든 거래는 아래 서명한 공증인과 증인들의 입회하에 이루어졌으며 영수증을 발행하였음.

입회인은 다음과 같음.

피리 연주자 프랑세 마마이.

'흰옷 참회수도회'의 십자가 담당자인 루이제(일명 키크).

위 증인들은 계약서를 읽은 후 매매 당사자들과 공증인과 함께 본 서류에 서명함.

입주

제일 먼저 놀란 것은 토끼들이었습니다……! 하도 오래전부터 방앗간 문이 닫혀 있었고 벽과 바닥에 잡초가 자라고 있었으니 토끼들은 방앗간 주인의 씨가 말라버렸다고 생각하고 이곳을 자기들 전략 사령부, 전략 수립 본부 같은 곳으로 삼기에 안성맞춤이라고 여기게 된 거지요. 토끼들의 제마프(프랑스 장군 샤를 뒤부리에가 오스트리아를 상대로 대승을 거둔 전투 – 옮긴이) 풍차라고나 할까요……. 내가 도착한 날 밤, 거짓말 하나 안 보태고 스무 마리쯤이 바닥에 동그랗게 둘러 앉아 달빛에 발을 쬐고 있더군요……. 창문을 살짝 열자 후다닥! 야영하던 놈들이 패주를 했지요. 꼬리를 공중에 쳐든 채 앙증맞은 하얀 엉덩이들이 덤불로 줄행랑을 쳐버린 겁니다. 제발 돌아와주었으면…….

나를 보고 놀란 놈이 또 있었습니다. 마치 생각에라도 잠겨 있는 것 같은 음산한 늙은 부엉이였는데 놈은 20년 동안 그 방앗간 2층에 터를 잡고 있었습니다. 나는 2층 방에서 놈을 발견했습니다. 놈은 벽의 부서진 회반죽과 떨어진 기왓장 사이의 풍차 축대 위에 꼼짝도 않고 꼿꼿하게 앉아 있었지요.

놈은 한동안 눈을 동그랗게 뜨고 나를 바라보더니 생판 모르는 얼굴에 기겁을 했는지 "부엉, 부엉!"이라고 울부짖으며 먼지가 뽀얗게 앉아 잿빛이 된 날개를 요란하게 퍼덕이기 시작했습니다. 이 망할 사색가 같으니라고! 자기 몸을 털고 가꾸는 일은 아예 안 하는 놈……! 하지만 무슨 상관이 있겠어요. 눈을 껌뻑거리며 오만상을 찌푸리고 있는 그 모습 그대로 나는 이 세입자가 그 누구보다 마음에 들었어요. 그래서 서둘러 임대 계약을 갱신해주었지요. 놈은 전처럼 지붕에 입구가 나 있는 풍차 방앗간 위층을 차지하고 나는 석회를 바른 천장이 낮고 수도원 식당처럼 지붕이 둥근 아래층 방을 사용하기로 한 거지요.

나는 바로 그 방에서 문을 활짝 열어놓고 밝은 햇살 아래 여러분에게 편지를 쓰고 있습니다. 햇빛을 받아 반짝이는 아름다움 솔숲이 내 눈앞으로부터 저 아래 언덕 기슭까지 이어져 있습니다. 저 멀리 지평선으로는 알피유 산맥들이 선명하게 능

선을 드러내고 있고요…… 소리 하나 들리지 않고…… 기껏해야 점점 더 멀어지는 피리 소리, 라벤더 사이에서 들리는 마도요새 소리, 길가에서 짤랑짤랑 들려오는 노새 방울 소리뿐……. 프로방스 지방의 이 모든 아름다운 풍경들은 오직 빛에 의해서만 살아가고 있답니다.

그러니 이제, 그 시끄럽고 거무칙칙한 파리를 내가 그리워할 리가 있겠습니까? 내 방앗간에서 이렇게 잘 지내고 있는데! 내가 찾던 바로 그런 구석진 곳, 향기롭고 훈훈한 작은 구석, 신문과 마차와 안개로부터 천리만리 떨어진 이곳이 얼마나 좋은데……! 게다가 주변에 예쁜 것들은 얼마나 많은지! 이곳에 자리 잡은 지 이제 겨우 1주일밖에 안 되었는데 벌써 머릿속에는 느낌과 추억이 그득하네요……. 글쎄, 어제저녁만 해도 산 위에 올라갔던 양 떼가 언덕 기슭에 있는 농가로 돌아오는 모습을 직접 보았답니다. 여러분이 이번 주 파리에서 관람한 초연(初演) 연극들을 다 보여준다고 해도 이 장관(壯觀)과는 바꾸지 않을 겁니다. 어디 한번 판단해보세요.

프로방스에서는 더위가 시작되면 가축들을 알프스산으로 올려 보낸다는 사실을 미리 알려줘야겠군요. 양 떼들과 양치기들은 대여섯 달을 저 높은 곳 풀이 허리까지 자란 곳에서 야영하며 지냅니다. 그러다 가을이 들어 날씨가 쌀쌀해지자마자 농가로 다시 내려와 로즈메리 향기 풍기는 작은 언덕에서 여유 있게 풀을 뜯지요.

그런데 바로 어제저녁에 양 떼들이 돌아왔어요. 아침부터 농가에서는 문을 활짝 열어놓고 기다리고 있었고 양 우리에는 싱싱한 짚단이 가득 차 있었지요. 시간이 흘러감에 따라 사람들이 중얼거렸어요.

"지금쯤 에기에르까지 왔을 거야. 이제 파라두에 왔겠네."

그런데 저녁이 되자 갑자기 "저기 왔다!"라는 고함이 들렸습니다. 그리고 저 멀리 양 떼들이 자욱한 먼지의 영광 속에서 행진하는 모습이 보였어요. 마치 길 전체가 양 떼들과 함께 전진하는 것 같았어요. 맨 앞에 늙은 숫양들이 뿔을 내민 채 당당한 모습으로 걸어오고 그 뒤로는 양들이 따라왔어요. 어미들은 새끼들이 다리 사이로 졸졸 따라오는 통에 좀 지친 것 같았어요. 이어서 태어난 지 하루밖에 안 된 어린 양들이 담긴 바구니를 등 위에 지고, 붉은 술이 늘어져 있는 방울을 단 노새들이 뒤따랐어요. 바구니는 노새가 걸음을 옮김에 따라 요람처럼 흔들렸어요. 그 뒤로는 개들이 혀를 땅에 닿을 정도로 길게 늘어뜨린 채 따라오고 두 명의 덩치 큰 양치기 녀석들이 마치 제의(祭衣)

처럼 발꿈치까지 치렁치렁 내려오는 망토를 둘러쓰고 걸어왔지요.

이 멋진 행렬이 우리들 앞을 신나게 행진하다가 마치 갑자기 퍼붓기 시작한 소나기 소리처럼 우두둑 발 구르는 소리를 내며 대문 안으로 빨려 들어갔지요……. 집 안이 얼마나 난리법석인지 정말 볼만하지요! 녹색과 황금색으로 치장한 살진 공작들은 이 양 떼들이 온 것을 알고는 높은 횟대 위에서 얇은 망사 같은 볏을 세우고 요란한 나팔 소리를 내며 그들을 맞이합니다. 막 잠들려던 가금(家禽)들도 화들짝 깨어나지요. 비둘기, 오리, 칠면조, 뿔닭 등이 모두들 두 발을 딛고 서 있네요. 우리 안은 온통 정신이 나간 것 같아요. 암탉들은 밤을 꼬박 새워야겠다고 중얼거리고…… 양들이 털 구석구석마다 야생 알프스의 향기를 품고 온 것 같았으니까요. 그 향기를 조금만 맡아도 그에 취해서 춤을 출 수밖에 없거든요.

이런 난리를 겪은 후 양 떼들은 보금자리에 도착했어요. 양들이 자리 잡는 모습처럼 매혹적인 광경도 없답니다. 늙은 숫양들은 옛 여물통들을 다시 보고는 감격에 젖지요. 여행 중에 태어나 농가 구경이라고는 해본 적도 없는 어린 양들은 놀란 눈으로 주변을 연방 두리번거리고요.

하지만 뭐니 뭐니 해도 가장 감동적인 것은 역시 개들이랍니다. 이 용감한 양치기 개들은 정신없이 양 떼들 꽁무니만 따라다니고 집 안에 들어서서도 오로지 양 떼들만 지켜보지요. 집 지키는 개가 자기 집 안에서 컹컹하며 이들을 불러도 소용이 없답니다. 우물 두레박이 시원한 물을 찰랑찰랑 채운 채 이들을 유혹해도 소용이 없고요. 개들은 양 떼가 모두 제자리로 들어가고 작은 문에 굵직한 자물쇠가 채워진 다음 양치기들이 천장 낮은 방 탁자에 자리를 잡고 앉을 때까지 아무것도 보이지 않고, 아무 소리도 들리지 않는 것 같아요. 그 모든 일이 끝나고 나서야 그들은 비로소 개집으로 들어가서 개죽을 핥으며 농가에 남아 있던 친구들에게 저 산꼭대기, 늑대들이 출몰하고 커다란 자주색 디기탈리스가 이슬을 함뿍 머금고 피어 있는 저 어두운 고장에서 있었던 일을 이야기해준답니다.

코르니유 영감님의 비밀

프랑세 마마이라는 피리 부는 노인은 이따금 내게 와서 뱅
퀴(포도를 으깨어 가열한 것에 향료를 첨가해서 빚은 술 - 옮긴이)를 마시며 밤
을 새우곤 했습니다. 어느 날 밤 노인은 이 마을에서 일어났던
작은 사건에 대해 이야기해주었습니다. 바로 내가 지금 지내고
있는 풍차 방앗간에서 20년 전에 일어난 일이지요. 피리 부는
노인의 이야기가 내 마음을 울려서 들었던 그대로 독자 여러분
들에게 이야기해주려고 합니다.

자, 독자 여러분, 당신 앞에 지금 아주 향기 좋은 포도주 단
지가 놓여 있고 피리 부는 할아버지가 이야기를 들려주고 있다
고 잠시 상상해보시지요.

이봐요, 파리 양반, 우리 고장이 지금처럼 늘 활기도 없고 이름 없는 곳은 아니었다오. 예전에는 밀 빻는 방앗간이 아주 번창했지. 사방 100리 되는 곳으로부터 농부들이 밀을 빻으려고 이리로 몰려들어 왔어요……. 마을을 둘러싸고 있는 언덕마다 풍차들이 서 있었지. 사방 어디를 둘러보아도 미스트랄(프랑스 남부 지방에서 주로 겨울에 부는 춥고 거센 바람 – 옮긴이) 바람을 받아 솔밭 위에서 돌아가는 풍차 날개, 포대를 지고 길을 따라 줄지어 오르내리는 작은 노새들만 보일 뿐이었다오.

1주일 내내 언덕 위에서는 채찍질 소리, 밀가루 포대들이 부딪히며 뽀드득거리는 소리, 방앗간 조수들이 '이랴' 하며 노새 모는 소리들이 기분 좋게 들렸지……. 일요일이면 우리는 방앗간으로 몰려갔다오. 그러면 방앗간 주인들이 사향 포도주를 내놓았지. 레이스 달린 숄을 두르고 금 십자가를 목에 건 여주인들은 왕비처럼 아름다웠다오. 나는 피리를 가지고 갔고, 사람들은 밤이 깊을 때까지 파랑돌(프로방스 지방의 민속춤 – 옮긴이) 춤을 추었지. 그래요, 그 풍차들은 우리 고장의 기쁨이었고 재산이었다오.

불행하게도 파리에서 온 사람들이 타라스콩 가도에 증기 제분소를 세울 생각을 했다오. 정말 멋지고 새로운 제분소를! 사람들은 밀을 차츰 그 제분소로 보내게 되었고 가엾은 풍차 방앗간은 일감이 떨어져갔다오. 한동안 풍차들도 버텼지. 하지만 증기를 당해낼 수는 없었다오. 가엾게도 풍차 방앗간은 하나둘씩 문을 닫을 수밖에 없었지요. 더 이상 노새도 오지 않고…… 아름다운 여주인들은 금 십자가를 팔아버렸고…… 더 이상 사향 포도주도 파랑돌 춤도 없었지. 북풍이 아무리 불어와도 풍차 날개는 더 이상 돌지 않았다오……. 그러던 어느 화창하던 날, 면에서 보낸 사람들이 풍차 방앗간들을 헐어버리고 그 자리에 포도나무와 올리브나무를 심었지. 하지만 모든 풍차들이 쓰러져가는 가운데 언덕 위에서 오직 하나의 풍차만이 제분소를 마주 보며 힘차게 돌고 있었다오. 그게 바로 코르니유 영감의 풍차 방앗간, 그러니까 우리가 지금 이렇게 마주 앉아 밤새 이야기를 나누고 있는 이곳이라오.

코르니유 영감님은 60년 동안 밀가루 속에 파묻혀 살면서 방앗간 일밖에는 모르는 사람이었다오. 제분소가 들어서자 그는 거의 미친 사람 같았다오. 1주일 동안 그는 온 마을을 뛰어다니며 사람들을 모아 놓고 저놈들이 제분기로 빻은 밀가루로 프로방스 사람들을 독살하려 한다고 목이 터져라 외쳤다오.

"저 강도 같은 놈들에게 가면 안 돼! 빵을 만들기 위해 증기를 사용하다니! 그건 마귀가 만든 거야! 빵은 나처럼 하느님의 숨결인 미스트랄과 트라몽탄 바람으로 만들어야 해!"

영감님은 입에 거품을 물고 풍차가 얼마나 좋은 것인지 열변을 토했다오. 하지만 그의 말에 귀를 기울이는 사람은 아무도 없었지.

화가 머리끝까지 치솟은 영감님은 방앗간에 처박혀서 마치 맹수처럼 혼자 지냈다오. 심지어 열다섯 살 된 손녀 비베트조차 곁에 두려 하지 않았지. 그 아이는 부모님이 돌아가신 뒤에 이 세상에 오로지 할아버지 한 분밖엔 없었다오. 가엾은 소녀는 자기 힘으로 제 앞가림을 해야 했기에 이 집 저 집에서 추수하는 일, 누에치기 일, 올리브 따는 일 등, 닥치는 대로 품팔이를 해야 했다오. 그렇지만 할아버지는 여전히 손녀를 극진히 사랑하는 것 같았다오. 땡볕 속에 40리 길이나 걸어서 그 애를 보려고 그 애가 일하는 농가로 찾아가곤 했으니 말이오. 할아버지는 손녀를 만나면 몇 시간 동안 눈물을 흘리며 그 애를 바라만 보고 있었다오.

마을 사람들은 영감님이 구두쇠라서 손녀를 그런 식으로 내보냈다고 생각했다오. 손녀를 그렇게 이집 저집 떠돌며 머슴들의 행패에 시달리게 하고 그런 젊은 나이에 겪을 수 있는 힘든 일이란 힘든 일은 다 겪게 하다니 영감님 같은 분이 어찌 그럴 수 있느냐고 수군거렸지요. 게다가 이제까지 남들의 존경을 받고 '영감님'이라는 존칭을 받던 양반이 맨발에 구멍 뚫린 모자를 쓰고, 너덜너덜한 허리띠를 한 채 떠돌이 거지처럼 길을 걸어가는 모습을 보고 고개를 저을 수밖에 없었다오. 우리 같은 늙은이들은 주일날 그가 미사에 오는 모습을 보면 창피하다는 생각까지 들었지. 코르니유 영감님도 그걸 느끼고는 집사들이 앉아 있는 자리 가까이 와서 앉을 생각도 안 했다오. 그는 언제나 성당 구석 안쪽 성수반 곁에 가난한 사람들 사이에 앉곤 했지.

코르니유 영감님의 생활에는 뭔가 석연치 않은 게 있었다오. 오래전부터 마을 사람 그 누구도 그에게 밀을 빻으러 가지 않았는데도 풍차 날개는 여전히 전처럼 돌고 있었거든……. 저녁이면 등에 밀가루 포대를 잔뜩 실은 노새를 몰고 오는 그를 길에서 만날 수 있었다오.

"안녕하세요, 영감님!" 그를 본 농부들이 큰 소리로 인사를 했지. "방앗간이 여전히 잘 돌아가나 봅니다."

"암, 여전하지." 영감님은 쾌활하게 대답했다오. "고맙게도 일감이 떨어지질 않는다네."

누군가 그에게 아니 도대체 어디서 일감이 생기느냐고 물으면 그는 손가락을 입술에 대고 심각한 투로 대답했어요.

"쉿! 아무 말 말게. 다른 곳으로 내다 팔 밀을 빻고 있어."

그 이상은 아무것도 알아낼 수가 없었다오.

그의 방앗간 안에 코빼기를 내민다는 것은 생각조차 할 수 없는 일이었소. 손녀 비베트까지도 들어가보지 못하는 곳이었으니까……

그 앞을 지나가다보면 문은 굳게 닫혀 있었지만 커다란 날개는 여전히 돌고 있었고 노쇠한 노새가 마당의 잔디를 뜯어먹고 있었으며 커다란 야윈 고양이가 창가에서 햇볕을 쬐며 심술궂게 우리를 쳐다보고 있었다오.

이 모든 게 너무 수상쩍어서 사람들은 이러쿵저러쿵 많이도 떠들어댔다네. 모두들 자기 식으로 코르니유 영감의 비밀에 대해 저마다 한 마디씩 했지만 방앗간 안에는 밀 포대보다 돈 자루가 많을 것이라는 데는 대체로 의견의 일치를 보았지.

결국 모든 게 탄로 나고 말았지. 자, 들어보시구려.

어느 날 젊은이들이 내 피리 소리에 맞춰 춤을 출 때였소. 나는 내 큰 아들놈과 귀여운 비베트가 서로 좋아하는 사이가 되었다는 걸 눈치챘지. 사실 내심 싫지는 않더군. 어쨌든 코르니유라는 성(姓)은 우리 집안으로서는 명예로운 성이었고 비베트라는 예쁘고 귀여운 새가 집 안을 뛰어다닐 거라는 생각만 해도 즐거웠거든. 다만 둘이 너무 자주 함께 있는 것 같아 무슨 사고라도 칠까봐 일을 당장 마무리 짓고 싶었다오. 나는 영감님과 몇 마디 상의라도 해볼 양으로 방앗간으로 올라갔지.

아, 정말 고약한 영감탱이! 나를 어떤 식으로 맞아주었는지 알겠소? 아예 문을 열어주지도 않았다니까! 나는 열쇠 구멍을 통해 내가 찾아온 이유를 대강 설명했소. 내가 이야기를 하는 동안 그 말라깽이 고양이가 머리 위에서 악마처럼 가르랑가르랑대고 있었다오.

그 노인네는 내가 미처 말을 끝내기도 전에 돌아가 피리나 불고 있으라고 고함을 치더군. 아들을 장가보내고 싶어 그렇게 안달이 났으면 증기 제분소 여자들이나 찾아보라고……. 그런 악담을 들으니 피가 거꾸로 치솟는 것 같았지. 하지만 나 정도 되니까 용케 참을 수 있었지. 나는 그 정신 나간 노인네를 방앗간에 놔둔 채 애들에게 돌아와 일이 잘 안되었다고 알렸다오. 가엾은 양 같은 아이들은 믿을 수 없었지. 아이들은 자기들이 방앗간으로 가서 직접 할아버지에게 말씀드릴 수 있게 해달라고 내게 간청했다오. 나는 거절할 수가 없었지. 아, 그러자 둘이 득달같이 밖으로 뛰쳐나가더군.

그 애들이 그곳에 도착했을 때 코르니유 영감은 외출 중이었던가보오. 문은 이중으로 잠겨 있었지. 그런데 그 늙은이가 외출하면서 사다리를 놓고 갔던 거요. 순간 두 아이에게 창문을 통해 안으로 들어가 저 유명한 풍차 방앗간 안에 도대체 무엇이 있는지 보고 싶다는 생각이 떠오른 거요.

정말 이상한 일이지! 방앗간 안은 텅 비어 있었으니……. 포대 자루 하나도, 밀알 한 톨도 없었던 거요. 벽에도, 심지어 거미줄에조차 밀가루는 흔적조차 없었다오. 밀을 빻을 때 방앗간 안에서 풍기는 훈훈한 향기도 맡을 수 없었지. 방아 축대에는 먼지만 뽀얗게 쌓여 있었고 커다란 고양이가 그 위에서 졸고 있었소.

아래층 방도 궁상맞고 되는 대로 엉망인 상태였지. 형편없는 침대에, 누더기 몇 개가 바닥에 나뒹굴고 있었고 계단 위에 빵 조각이 하나 놓여 있을 뿐이었소. 그리고 방 한구석에 놓여 있는 터진 포대에서는 횟가루와 백토(白土)가 흘러 나와 있었다오.

그래, 그게 바로 코르니유 영감님의 비밀이었소! 풍차 방앗간의 체면을 살린답시고 저녁마다 이 백토를 담은 포대를 노새에 싣고 거리를 다니면서 여전히 밀가루를 빻고 있는 척했던 거요. 불쌍한 풍차! 가련한 코르니유 영감님! 이미 오래전에 그의 마지막 일거리까지 증기 제분소에 다 빼앗긴 거요. 날개는 여전히 돌고 있었지만 빈 방아만 돌고 있었던 거지.

아이들은 눈물을 흘리며 돌아와 자기들이 본 것을 내게 이야기해주었다오. 아이들 이야기를 듣고 가슴이 찢어지는 것 같았지…… 나는 잠시도 지체하지 않고 이웃들에게 달려가서 사정을 대충 이야기했소. 그리고 당장 집 안에 남아 있는 밀을 코르니유 영감님의 방앗간으로 가져다주자고 입을 모았지. 쇠뿔도 단김에 빼랬다고 말이 떨어지기 무섭게 곧 실행에 옮겼소. 온 마을이 총출동했고 우리는 밀—진짜 밀을 실은 노새 행렬을 몰고 언덕 위에 당도했다오.

방앗간은 활짝 열려 있었소…… 코르니유 영감은 문 앞에서 백토 자루 위에 앉아 두 손으로 머리를 감싸 쥐고 훌쩍거리고 있었소. 집으로 돌아와 보니 자기가 없는 동안 누군가 집 안에 들어가 자신의 서글픈 비밀을 알아낸 것을 눈치챈 거였소.

"이 한심한 놈!" 그가 말했다오. "이제 죽어버리는 수밖에 없어…… 풍차의 명예가 더럽혀졌으니……"

그러더니 그는 온갖 이름으로 풍차를 부르면서 마치 진짜 사람에게처럼 말을 걸었고, 보는 사람 가슴이 찢어질 만큼 서럽게 울어대고 있었다오. 그런데 바로 그 순간 노새들이 마당에 도착한 거지. 우리는 마치 방앗간이 한창 잘 돌아가던 때처럼 외쳤다오.

"어이, 풍차 방앗간! 이봐요, 코르니유 영감님!"

이어서 밀 포대가 문 앞에 쌓이고 윤기 나는 좋은 낱알들이 땅 위에 쏟아져 사방으로 퍼졌다오.

코르니유 영감님의 눈이 휘둥그레졌지. 그는 주름살이 진 손으로 밀알을 움켜쥐고는 반은 웃고 반은 울먹이면서 말했다오.

"밀이야……! 오, 맙소사……. 진짜 밀이네! 어디 좀 보자."

이어서 우리들을 향해 고개를 돌리며 말했다오.

"그래! 내게 돌아올 줄 알았어……. 제분소 놈들은 도둑놈들이라니까."

우리는 개선장군처럼 영감님을 마을로 데려가려 했소. 그러자 영감님이 말했다오.

"이보게들, 아니야. 우선 내 풍차에 먹을 걸 줘야지……. 아, 생각들 좀 해봐! 얼마나 오랫동안 입에 아무것도 넣어보지 못했는데……."

우리는 그 가엾은 노인이 포대를 연다, 방아를 살핀다며 부산하게 이리 뛰고 저리 뛰는 모습을 바라보며 모두 눈시울을 붉혔다오. 그사이 어느새 밀이 빻아져 고운 밀가루가 천장으로 피어올랐지.

우리는 정말 하느라고 했지. 그날부터 우리는 그 영감님에게서 절대로 일감이 떨어지지 않게 했으니까. 그러던 어느 날 아침 코르니유 영감님이 세상을 떠났지. 그리고 우리의 마지막 풍차 날개는 더 이상 돌지 않았다오. 코르니유 영감이 죽자 아무도 뒤를 이을 사람이 없었던 거요. 하지만 어쩌겠소······! 세상만사 다 끝이 있는 법이고 마치 론강의 나룻배나 커다란 꽃무늬가 새겨진 재킷의 시대가 가버렸듯이 풍차의 시대도 가버렸다고 생각해야지.

스갱 씨의 염소
– 파리의 서정 시인 피에르 그랭구아르에게

나의 가엾은 그랭구아르, 여전히 변함없이 지내고 있겠지!

뭐야! 파리의 유수 일간지에서 고정 칼럼을 제안했는데 태연하게 거절했다고……? 이 한심한 친구야, 자네 꼴을 좀 보라고! 구멍 난 저고리에 너절한 반바지, 배고파죽겠다고 아우성치는 것 같은 삐쩍 마른 얼굴을! 아름다운 시를 쓰겠다는 열정이 자네를 그 꼴로 만든 거야! 시의 신 아폴론에게 10년간 뼈 빠지게 봉사한 대가가 고작 그거라니……. 어때, 부끄럽지 않은가!

그러니, 이 바보 같은 친구야, 그 칼럼을 맡아! 어서 맡으라니까! 그래야 장미 무늬가 찍힌 돈푼깨나 만지게 될 것 아닌가! 그래야 브레방 식당에서 식사도 할 수 있을 것이고 납작모자에 깃털을 달고 초연(初演) 때 극장에 모습을 드러낼 수도 있을 것 아닌가?

　뭐야? 싫다고……? 끝까지 자유롭게 살고 싶다 이거지? 좋아, 그렇다면 스갱 씨의 염소 이야기를 좀 들어봐. 자유롭게 살려다가 어떤 대가를 치르는지 똑똑히 보라고…….

* * *

　스갱 씨는 자기가 기르는 염소들 때문에 단 하루도 마음 편한 날이 없었다네.

　그는 매번 똑같은 식으로 염소들을 잃어버렸던 거야. 맑은 날 아침, 염소들이 줄을 끊고 산으로 가서 늑대 밥이 되곤 했던 것이라네. 쓰다듬고 달래주는 주인의 사랑도, 늑대에 대한 두려움도 염소들을 붙잡아두지 못했어. 무슨 대가를 치르더라도 더 넓은 세상과 자유를 원하는 독립심 강한 염소들이었던 거지.

　이 짐승들의 성격을 전혀 알 길이 없었던 선량한 스갱 씨는 그저 아연할 뿐이었다네. 그래서 그는 말했지.

　"이제 다 끝났어. 염소들이 내 집에 싫증이 난 거야. 이제 더 이상 한 마리도 키우지 않겠어."

　하지만 그는 낙담하지 않고, 여섯 번째 염소를 똑같은 방법으로 잃어버린 다음 일곱 번째 염소를 사들였다네. 이번에는 처음부터 집에서 지내는 데 길이 들 수 있도록 아주 어린 녀석을 골랐지.

아, 그랭구아르, 스갱 씨의 어린 염소는 얼마나 예뻤는지! 순하디 순한 두 눈, 하사관들의 턱수염 같은 수염, 반짝거리는 검은 발굽, 줄무늬가 있는 긴 뿔, 긴 외투처럼 온몸을 덮고 있는 하얀 털들! 자네, 에스메랄다라는 어린 염소 기억나나? 거의 그 염소만큼 귀여웠지. 게다가 착하고 어리광도 잘 부리는 데다 젖을 짤 때 꼼짝도 하지 않지, 여물통에 발을 들여놓지도 않지……. 정말 사랑스러운 어린 염소였다네.

스갱 씨 집 뒤에는 산사나무로 둘러싸인 텃밭이 하나 있었네. 그는 새 입주자를 거기에 두었지. 풀밭 중에서 가장 좋은 곳에 말뚝을 박고 염소를 붙들어 매놓았지. 신경 써서 줄도 길게 늘여주었고 이따금 염소가 잘 있는지 가서 보곤 했다네. 염소는 매우 행복해 보였고 기분 좋게 풀을 뜯어 먹고 있어서 스갱 씨는 너무 기뻐했지.

'드디어 이 집에 싫증을 내지 않는 염소를 기르게 되었구나'라고 스갱 씨는 생각했다네. 하지만 스갱 씨는 잘못 알고 있었던 거야. 염소는 지겨워하고 있었거든.

＊ ＊ ＊

어느 날 염소는 산을 바라보며 생각했다네.

'저 위는 얼마나 좋을까! 살가죽을 벗겨내는 이 망할 놈의 끈만 없다면 얼마나 즐겁게 히스 풀 속을 껑충껑충 뛰어다닐 수 있을까! 울타리에 갇혀 풀을 뜯는 건 당나귀나 소에게나 어울리는 짓이야. 염소에게는 넓은 곳이 필요해.'

그 순간부터 울타리 안의 풀은 그에게 시들해 보였다네. 짜증이 났어. 몸이 여위어갔고 젖도 잘 나오지 않았다네. 온종일 줄을 한껏 잡아당긴 채 멀리 산 쪽을 향해 콧구멍을 벌름거리면서 서글프게 메에 하고 우는 염소의 모습을 바라보는 것은 가슴 아픈 일이었다네.

스갱 씨는 자기 염소에게 무슨 일인가 일어났다는 것은 눈치챘지만 그게 무엇인지는 알 수 없었다네. 그런데 어느 날 아침 스갱 씨가 젖을 다 짜고 나자 염소가 몸을 돌리며 자기들 말로 말하는 게 아니겠어!

"스갱 아저씨, 제 말 좀 들어보세요. 아저씨네 집은 심심해요. 산으로 가게 해주세요."

"맙소사……! 이놈마저!"

화들짝 놀란 스갱 씨는 그만 젖을 짜서 담았던 사발을 떨어뜨리고는 염소 옆 풀밭에 털썩 주저앉았어.

"블랑케트야, 뭐라는 게냐? 내 곁을 떠나고 싶다고!"

"네, 스갱 아저씨."

"왜, 여기 풀이 부족하니?"

"아, 아녜요, 아저씨!"

"줄이 너무 짧았던 모양이로구나. 더 길게 늘여줄까?"

"그럴 필요 없어요, 아저씨."

"그렇다면 뭐가 아쉬운 거냐? 뭘 원하는 거냐?"

"산으로 가고 싶어요, 아저씨!"

"이런 한심한 놈아! 산에는 늑대가 있다는 걸 모르는 거냐……? 늑대가 오면 어쩌려고?"

"뿔로 받아버리지요, 아저씨."

"늑대에게 네 뿔 따위는 안중에도 없어. 전에도 너보다 훨씬 센 뿔이 달린 암염소들도 잡아먹었단다……. 작년에 여기 있던 가엾은 늙은 암염소 르노드, 너도 잘 알지? 힘도 세고 숫염소처럼 사나운, 염소들 중 우두머리였지. 그 염소는 밤새도록 늑대와 싸웠단다……. 하지만 아침에 늑대가 잡아먹어버렸어."

"저런, 불쌍한 르노드……! 하지만 아저씨, 괜찮아요! 저를

산으로 보내주세요."

"아이고, 하느님 맙소사!" 스갱 씨가 말했어. "도대체 내 염소들에게 뭐가 씐 거야? 또 한 마리 늑대에게 잡아먹히게 생겼으니⋯⋯. 아니, 절대 안 돼! 이놈아! 나는 네 목숨을 구해줘야겠다. 네가 혹시 줄을 끊을지도 모르니 너를 외양간에 가둬놔야겠다. 이제 거기서 꼼짝 말아라."

스갱 씨는 염소를 캄캄한 외양간으로 데려가서 문을 이중으로 잠가버렸네. 하지만 불행히도 창문 닫는 걸 깜빡했고, 그가 등을 돌리자마자 어린 염소는 줄행랑을 쳐버렸지.

자네, 미소 짓고 있나, 그랭구아르? 아무렴 그럴 거야. 자네는 그 선량한 스갱 씨보다는 염소 편일 테니까⋯⋯. 어디 조금 있다가도 웃을 수 있을지 두고보세.

블랑케트가 산에 도착하자 모두들 반가워했다네. 늙은 전나무들은 그렇게 예쁜 것을 본 적이 없었어. 모두들 블랑케트를 여왕처럼 맞았지. 밤나무들은 가지로 블랑케트를 쓰다듬고 싶어서 거의 땅바닥까지 몸을 굽혔다네. 염소가 지나갈 때면 황금빛 금작화들이 꽃잎을 활짝 펼치며 마음껏 향기를 내뿜었지. 온 산이 염소에게 축제를 베풀어준 거야.

그랭구아르, 우리의 염소가 얼마나 행복했을지 한번 생각해보게나. 더 이상 줄도 없지, 말뚝도 없지, 자기가 껑충껑충 뛰어다니며 마음껏 풀을 뜯는 걸 방해하는 건 아무것도 없었으니! 게다가 온갖 풀들은 왜 그리 많은지! 거의 뿔 높이까지 자란 풀들이……! 또 얼마나 맛있는 풀인지! 향기 좋고, 부드럽고, 끝이 들쭉날쭉한 온갖 종류의 풀들! 텃밭의 풀들과는 완전히 달랐다네. 게다가 꽃들은 또 어떻고! 푸른색의 커다란 초롱꽃, 긴 꽃받침의 달리, 진홍색 디기탈리스 등, 진한 수액이 넘쳐흐르는 그야말로 야생화들의 숲이었지!

하얀 염소는 반쯤 취한 상태에서 다리를 허공에 쳐들고 뒹굴다가 낙엽과 밤송이와 함께 비탈길을 데굴데굴 굴러 내려가기도 했다네. 그러다가는 벌떡 일어나서 고개를 곧추세우고는, "야호!" 하고 잡목 숲과 회양목 숲을 가로지르며 달리기 시작했지. 때로는 산봉우리로, 때로는 골짜기 깊숙한 곳으로, 위로, 아래로, 사방으로……. 마치 산에 스갱 씨의 염소가 열 마리쯤 되는 것 같았다네.

블랑케트는 두려울 것이 아무것도 없었다네.

단숨에 커다란 도랑을 뛰어넘었고 그러다가 튀어 오른 물보라와 물거품에 흠뻑 젖기도 했지. 그러면 평평한 바위 위에 누워 흠뻑 젖은 몸을 햇볕에 말리기도 했고……. 그러다가 금작

화 한 송이를 입에 물고 고원 가장자리 끝까지 가서 저 아래 들판과 스갱 씨의 집과 그 뒤편의 울타리를 바라보았다네. 그걸 보고 블랑케트는 눈물이 날 정도로 웃어댔어.

"애개, 작기도 해라! 내가 어떻게 저 작은 데서 견딜 수 있었던 거지?"

불쌍한 것! 그렇게 높은 곳에 있는 자신을 보다보니 자기가 최소한 이 세상만큼 커졌다고 착각한 거라네.

어쨌든 스갱 씨의 염소에게는 아주 기분 좋은 하루였다네. 염소는 천방지축으로 마구 뛰어다니다가 한낮이 될 무렵 와그작와그작 머루를 씹어 먹고 있는 산양 떼와 마주치기도 했다네. 하얀 옷을 입은 우리의 어린 달리기 선수는 산양들 사이에서 단연 선풍적 인기를 끌었지. 그들은 블랑케트에게 머루를 따 먹기에 가장 좋은 자리를 내주었고 신사 영양들은 블랑케트를 매우 정중하게 대했다네. 심지어—이건 우리끼리 이야기지만—검은 털의 한 젊은 산양이 블랑케트의 마음을 사로잡는 행운을 얻은 것 같아. 두 연인은 한두 시간가량 숲속을 쏘다녔는데, 둘이 무슨 이야기를 나누었는지 알고 싶다면 이끼 사이에 숨어 흐르는 수다쟁이 샘물에게 물어보게나.

                                    * * *

갑자기 바람이 서늘해졌다네. 산은 보랏빛을 띠기 시작했고…… 저녁이 온 거라네.

"벌써!" 새끼 염소는 깜짝 놀라 그 자리에 멈춰 섰다네.

저 아래 들판은 안개에 잠겨 있었지. 스갱 씨네 텃밭은 안개에 가려져 모습을 감추었고 이제 그 작은 집에서는 가늘게 연기가 피어오르는 지붕 외에는 보이지 않았네. 블랑케트의 귓가에 양 떼를 집으로 몰고 가는 방울 소리가 들리자 염소는 갑자기 슬퍼졌어…… 둥지로 돌아가던 커다란 매 한 마리가 날개로 염소를 스쳤어. 염소는 부르르 몸을 떨었지…… 그때 산에서 "우! 우!" 하는 짐승의 울부짖음이 들려온 거야.

"늑대로구나." 블랑케트는 생각했어. 낮에는 정신없이 뛰어노느라 그 생각을 전혀 못 했던 거지…… 바로 그 순간 아주 멀리 골짜기 쪽에서 나팔 소리가 들려왔다네. 선량한 스갱 씨가 마지막 노력을 하고 있던 거였지.

"우! 우!" 늑대가 계속 울부짖었어.

"돌아와라! 돌아와라!" 나팔 소리가 외쳤어.

블랑케트는 돌아가고 싶었다네. 하지만 말뚝과 밧줄, 텃밭

울타리가 떠오르자 이제는 더 이상 그렇게 살 수 없다, 이곳에 머무는 게 낫다는 생각이 들었지.

나팔 소리는 더 이상 들리지 않았다네.

염소의 뒤에서 나뭇잎이 부스럭거리는 소리가 들렸네. 염소가 몸을 돌리자 어둠 속에 쫑긋 선 짤막한 두 귀, 번들거리는 두 눈이 보였지. 늑대였다네.

* * *

어마어마하게 큰 늑대가 엉덩이를 땅에 붙이고 꼼짝도 않은 채 어린 하얀 염소를 바라보며 입맛을 다시고 있었다네. 곧 먹을 수 있으리라는 생각에 늑대는 서두르지도 않았다네. 단지 염소가 몸을 돌려 바라보자 심술궂은 웃음을 지었을 뿐이었지.

"오호라, 스갱 씨의 어린 염소로군!"

늑대는 커다란 붉은 혀를 날름대며 입술을 핥았어.

블랑케트는 이제 끝장임을 느낄 수 있었다네······. 그 순간 밤새 늑대와 싸우고는 아침에 잡아먹힌 늙은 르노드 이야기가 떠올라 그러느니 차라리 당장 잡아먹히는 게 낫겠다는 생각이 들었지. 하지만 염소는 곧 생각을 바꾸었다네. 블랑케트는 머리를 낮추고 뿔을 앞으로 내민 채 스갱 씨네 용감한 염소답게 방어 태세를 취한 거지……. 물론 늑대를 죽일 수 있으리라고 생각한 건 아니고—염소가 늑대를 죽일 수는 없는 법 아닌가—단지 르노드만큼 오래 버틸 수 있는지 알고 싶었던 거라네.

그러자 그 괴물이 다가왔고, 작은 뿔들이 춤추기 시작했네.

아, 착한 어린 염소! 얼마나 용감하게 맞섰는지! 그랭구아르, 거짓말이 아니라, 염소는 늑대를 열 번 이상 뒤로 물러서서 숨을 가다듬게 만들었다네. 잠깐 숨을 돌리는 동안에 이 먹성 좋은 염소는 자기가 좋아하는 풀을 얼른 뜯어 먹었어. 그러고는 한입 가득 풀을 베어 문 채로 다시 전투에 임했다네. 전투는 밤새 이어졌지. 스갱 씨의 염소는 이따금 하늘에서 춤을 추고 있는 별들을 바라보며 생각하곤 했다네.

'오, 새벽까지만 버틸 수 있다면……'

별들이 하나둘씩 꺼져갔네. 블랑케트는 더 열심히 뿔질을 해댔고, 늑대는 이빨로 공격을 해왔어. 희뿌연 여명이 지평선에 나타났고…… 목쉰 수탉의 울음소리가 어느 농가에서 들려왔다네.

"마침내!"

죽을 때를 위하여 동이 트기만을 기다려왔던 가엾은 짐승이 말했어. 그러고는 하얀 털을 온통 피로 물들인 채, 바닥에 몸을 눕혔어…….

그러자 늑대가 어린 염소를 덮치고는 잡아먹어버렸다네.

* * *

잘 있게, 그랭구아르!

자네가 방금 들은 이야기는 내가 지어낸 게 아니라네. 자네가 혹시 프로방스에 올 기회가 있다면 이곳 농부들이 자주 이렇게 이야기해줄 거라네.

"아, 스갱 씨네 염소가 밤새도록 늑대와 싸우다가 아침에 늑대에게 잡아먹히고 말았구먼요."

내 말 잘 알아듣겠지, 그랭구아르.

"아침에 늑대에게 잡아먹히고 말았구먼요."

별
– 프로방스 지방, 어느 목동의 이야기

내가 뤼브롱산에서 양을 치던 시절, 나는 몇 주 내내 사람들 그림자조차 보지 못한 채 목초지에서 나의 개 라브리와 양들과 함께 지냈답니다. 이따금 약초를 캐려고 몽드뤼르산의 수도승들이 지나가기도 했고 피에몽 지방 숯장이들의 검은 얼굴이 눈에 띄기는 했지요. 하지만 워낙 외롭게 지내는 사람들이라서 세상 물정도 모르고 말도 없었으며 심지어 말하고 싶다는 생각조차 잃어버린 사람들 같았어요. 그러니 저 아래 마을이나 도시에서 요즘 화젯거리가 무엇인지는 알 리가 없었지요.

그러다보니 보름마다 보름치 식량을 갖고 언덕길을 올라오는 우리 농장 노새 방울 소리가 들리고 어린 심부름꾼 아이의 쾌활한 얼굴이나 노라드 할머니의 붉은 머릿수건이 언덕 위로 조금씩 모습을 드러내면 나는 정말이지 너무나 기뻤답니다. 누가 영세를 받았는지, 누가 결혼했는지, 저 아래 마을 소식을 들을 수 있을 테니까요. 하지만 뭐니 뭐니 해도 내가 제일 관심 있던 건 주인집 딸 스테파네트 아가씨, 사방 100리 안에서 제일 예쁜 아가씨 소식이었어요. 축제나 밤샘 파티에 자주 가는지, 여전히 새로운 젊은이들이 자주 찾아오는지 별로 관심 없는 척하면서 물어서 알아내곤 했지요. 산에서 양을 치는 초라한 신세인 주제에 그런 건 알아서 뭐 하느냐고 묻는다면 이렇게 대답하겠어요. 나는 스무 살이었고 스테파네트 아가씨는 내가 본 사람 중에 제일 예쁜 사람이었다고요.

그러던 어느 일요일이었어요. 보름치 식량을 기다리고 있었는데, 늦은 시각까지 노새가 안 오는 게 아니겠어요. 아침나절에는 '대미사가 있어서 그런가보다'라고 생각했어요. 그런데 점심때쯤 해서 한바탕 폭우가 쏟아졌고 나는 '길이 안 좋아서 노새가 길을 못 떠났나보네'라고 중얼거렸어요. 오후 3시쯤 되니까 하늘이 씻은 듯 개면서 산은 물기와 햇빛으로 반짝였어요. 그런데 나뭇잎에서 떨어지는 물방울 소리와 불어난 시냇물이 콸콸 흘러가는 소리 사이로 노새 방울 소리가 들렸어요. 마치 부활절에 울리는 교회 종소리만큼이나 맑고 경쾌했어요. 그런데 노새를 끌고 온 것은 머슴아이도 아니고 노라드 할머니도 아니었어요. 그건 바로, 바로…… 한번 맞춰보세요. 바로 우리 아가씨였어요! 오, 맙소사, 아가씨가 몸소, 버들 바구니들 사이에 몸을 꼿꼿이 세우고 소낙비가 지나간 뒤의 시원한 산바람에 뺨을 온통 장밋빛으로 물들인 채 나타난 거예요!

머슴아이는 앓아누웠고 노라드 할머니는 휴가를 얻어 자식들 집에 가셨답니다. 아름다운 스테파네트 아가씨가 노새 등에서 내리면서 그 모든 걸 알려주었지요. 그리고 길을 잃어서 늦었다고도 말해주었어요. 하지만 꽃 모양 리본에 반짝거리는 치마와 레이스 장식 등, 주일 복장으로 치장한 아가씨 모습은 덤불에서 길을 찾아 헤맨 게 아니라 어디 무도회라도 갔다가 늦은 것 같은 모습이었어요.

아, 정말 어쩌나 귀엽던지! 아무리 쳐다보아도 싫증이 나지 않았어요. 이제까지 아가씨를 이렇게 가까이서 본 적은 없었거든요. 양 떼들이 평지로 내려가 있는 겨울철에 내가 저녁을 먹으려고 농장 집 안으로 들어가면 어쩌다 아가씨가 생기발랄하게 식당을 지나가는 모습을 본 적은 있었어요. 하지만 아가씨는 하인들에게 말을 걸지도 않았고 언제나 예쁘게 치장한 채 좀 도도해 보였어요. 그런데…… 그런데 지금, 아가씨가 바로

별

내 앞에, 오로지 나를 위하여 나타난 거예요. 그러니 내가 어떻게 정신을 차릴 수가 있었겠어요?

아가씨는 바구니에 들어 있던 식량을 다 꺼낸 다음, 신기하다는 듯 주변을 둘러보기 시작했어요. 아가씨는 예쁜 나들이옷 치맛자락이 행여 더럽혀질까 살짝 들어 올리며 울타리 안으로 들어오더니 내가 잠자는 곳, 양가죽과 짚을 깔아놓은 구유, 벽에 걸린 커다란 내 외투, 내 지팡이, 부싯돌들을 보고 싶어 했어요. 모든 게 다 재미있었나봐요.

"정말 여기서 사는 거야? 불쌍해라! 항상 혼자 있으니 얼마나 심심할까! 뭘 하고 지내요? 무슨 생각을 해요?"

나는 "아가씨, 당신 생각을 한답니다"라고 대답하고 싶었어요. 그렇더라도 거짓말이 아니었을 거예요. 하지만 어찌나 당황했는지 단 한 마디 말도 생각나지 않았어요. 아가씨도 눈치챈 것 같았어요. 이 짓궂은 아가씨가 심술궂은 질문으로 나를 더 당황하게 만들면서 재미있어했거든요.

"애인이 자주 만나러 와요? 그 애인은 분명 황금 양일 거야. 아니면 산꼭대기만 뛰어다닌다는 요정 에스테렐이거나."

그런 말을 하고는 고개를 뒤로 젖히고 예쁘게 웃는 모습이나, 마치 유령처럼 나타났다 사라지듯 서둘러 떠나려는 모습이

나, 아가씨가 바로 에스테렐 요정 같았습니다.

"안녕, 목동님."

"안녕히 가세요, 아가씨."

그러더니 빈 바구니를 노새 등에 싣고 아가씨는 떠났습니다.

아가씨가 비탈진 오솔길로 모습을 감추자 노새 발굽에 차여 구르는 조약돌 하나하나가 내 가슴 위에 떨어지는 것만 같았어요. 그 소리가 아주 오래오래 계속 들려왔지요. 그리고 해 질 무렵까지 나는 마치 잠에 취한 듯 움직일 엄두도 못 내고 그냥 그렇게 서 있었어요. 조금이라도 꿈쩍하면 꿈에서 깨어버릴 것 같았거든요.

그런데 저녁이 되어 골짜기 저 깊은 곳까지 푸른빛을 띠었을 때, 그리고 양들이 매에, 매에 울면서 우리로 들어가려고 서로 몸을 밀쳐댈 때였어요. 비탈길에서 누군가가 나를 부르는 소리가 들리더니 우리 아가씨가 나타난 게 아니겠어요! 좀 전의 생글거리던 모습이 아니라 흠뻑 젖은 몸으로 추위와 무서움에 달달 떨고 있었어요. 저 언덕 아래 소르그 강물이 소낙비에 불어났는데도 무리해서 건너려다 물에 빠질 뻔한 것 같았어요. 문제는 한밤중 이 시간에 농장으로 돌아간다는 것은 생각조차 할수 없다는 데 있었지요. 지름길을 아가씨 혼자 찾을 수 있을 리

만무했고 나는 양 떼들 곁을 떠날 수 없었으니까요. 산에서 하룻밤을 보내야만 한다는 생각에, 특히 가족들이 걱정할까봐 아가씨는 어쩔 줄 몰라 했어요. 나는 있는 힘껏 아가씨를 안심시켰어요.

"아가씨, 7월의 밤은 짧답니다……. 잠시 고생하면 됩니다."

나는 소르그 강물에 흠뻑 젖은 아가씨의 발과 옷들을 말리기 위해 급히 큰 불을 피웠어요. 그런 후 아가씨 앞에 양젖과 양젖 치즈도 갖다놓았어요. 하지만 가엾은 아가씨는 몸을 말릴 생각도, 먹을 생각도 하지 않았어요. 아가씨의 두 눈에 눈물이 그렁그렁한 것을 보니 나도 울고 싶은 심정이었어요.

그러는 사이 밤이 찾아왔어요. 산 위로는 먼지 같은 뿌연 햇살과 희미한 석양빛이 남아 있을 뿐이었지요. 나는 아가씨에게 안으로 들어가서 쉬도록 해주었어요. 깨끗한 짚 위에 질 좋은 새 양 모피를 깔고 아가씨에게 잘 자라고 인사한 뒤 문밖으로 나왔어요……. 사랑의 불길이 내 핏속에 훨훨 타오르고 있었지만 그 어떤 나쁜 생각도 들지 않았다는 것을 하느님께서 보증해주실 거예요. 우리 안, 그녀가 잠들어 있는 모습을 신기하게 바라보는 양들 곁에서, 주인집 따님이—다른 그 어떤 양보다 소중하고 새하얀 양처럼—내가 지켜주는 가운데 잠들어 있다고 생각하니 그저 자랑스러울 뿐이었지요. 이제껏 하늘이 그토록 그윽하고 그토록 밝게 빛난 적은 없었어요.

그런데 갑자기 양 우리의 문이 열리더니 아름다운 스테파네트 아가씨가 나타났어요. 잠을 이룰 수 없던 모양이었어요. 양들이 몸을 뒤척일 때마다 짚이 바스락거렸거나 아니면 양들이 꿈을 꾸면서 매에 매에 소리를 냈던 모양이지요. 아가씨는 불 곁으로 오는 게 낫겠다고 생각했던 거예요. 아가씨가 다가오자 나는 내 암염소 모피로 그녀의 어깨를 덮어주고 불을 더 환하게 지폈어요. 그런 후 우리는 아무 말 없이 한동안 나란히 앉아 있었습니다.

만일 여러분이 야외에서 별빛 아래 밤을 보낸 적이 있다면 우리가 잠들어 있는 사이에 또 다른 신비로운 세계가 고독과 정적 속에서 깨어난다는 사실을 잘 알 거예요. 그럴 때면 샘물은 보다 더 맑게 노래하고 연못들은 작은 불꽃들을 밝히지요. 산의 모든 정령들이 자유롭게 오가고, 대기 속에서는 마치 나뭇가지들이 자라나는 소리, 풀잎이 쑥쑥 자라는 소리인 양 뭔가 알아들을 수 없는 소리, 뭔가 스쳐 가는 것 같은 소리가 들립니다. 낮이 생물들의 삶이라면 밤은 사물들의 삶이지요. 익숙하지 않은 사람에게는 무섭게 느껴지기도 하고…… 우리 아가씨도 오들오들 떨면서 바스락거리는 소리만 들려도 나한테 꼭 달라붙었어요.

한번은 길고 구슬픈 소리가 저 아래 반짝이고 있는 연못 쪽으로부터 우리가 앉아 있는 쪽으로 물결치듯 올라왔어요. 바로 그 순간 아름다운 별똥별 하나가 우리 머리 위로 소리 나는 쪽을 향해 떨어졌어요. 마치 방금 들은 구슬픈 소리가 그 소리와 함께 빛을 이끌고 가는 것 같았어요.

"저게 뭐예요?" 스테파네트가 속삭이듯 물었습니다.

"천국으로 들어가는 영혼이랍니다, 아가씨." 나는 성호를 그으며 대답했어요.

그녀도 성호를 긋더니 깊은 생각에 잠겨 잠시 하늘을 쳐다보았습니다. 이윽고 그녀가 물었어요.

"목동들은 마법사라던데 사실인가요?"

"무슨 말씀이세요, 아가씨. 하지만 우리는 여기 별 가까이서 살고 있으니까, 저 평지의 사람들보다는 하늘에서 무슨 일이 일어나고 있는지 더 잘 알고 있지요."

아가씨는 여전히 하늘을 쳐다보고 있었어요. 손으로 턱을 괴고 양가죽을 둘러쓰고 있는 모습은 마치 하늘나라의 목동 같았습니다.

"어쩜 이렇게 별이 많지! 정말 아름다워! 이렇게 많은 별은 본 적이 없어. 저 별들 이름을 알아요?"

"물론이지요, 아가씨……. 자, 보세요. 우리 머리 바로 위에 있는 게 '생 자크의 길(은하수)'이랍니다. 프랑스에서 곧장 스페인까지 이어지지요. 사라센인들과 전쟁을 할 때 갈리시아의 생 자크가 용감한 샤를마뉴 대왕에게 길을 알려주기 위해 표지로 삼은 거랍니다. 좀 더 먼 곳을 보면 '영혼의 수레(큰곰자리)'가 있어요. 네 개의 수레바퀴가 반짝이고 있지요? 그 앞에 있는 세 개의 별이 '세 마리 야수'이고 세 번째 별과 마주 보고 있는 작은 별이 '마차꾼'이랍니다. 그 주위로 마치 별들이 비 오듯 떨어지고 있는 게 보이세요? 저건 하느님이 하늘나라에 받아들이고 싶지 않은 영혼들이랍니다. 조금 더 낮은 곳에 있는 게 '갈퀴' 혹은 '세 명의 왕(오리온)'이랍니다. 우리들에게 시계 역할을 하지요. 저걸 보기만 해도 지금 자정이 지났다는 걸 알 수 있어요.

좀 아래쪽 남쪽에 '장 드 밀랑'이 빛나고 있습니다. '천체의 횃불(시리우스)'이라고도 부르지요. 저 별들을 두고 목동들은 이렇게 이야기한답니다. 어느 날 밤 '장 드 밀랑'이 '세 명의 왕'과 '병아리장(황소자리의 여섯 별)'과 함께 친구 별의 결혼식에 초대를 받았답니다. '병아리장'은 성질이 급해 제일 먼저 길을 떠나

윗길로 갔지요. 저길 보세요. 저 하늘 한복판 높은 곳에 있지요. '세 명의 왕'은 지름길로 해서 '병아리장'을 따라잡았어요. 하지만 게으른 '장 드 밀랑'은 늦잠을 자는 바람에 뒤처지게 되자 화가 나서 그들을 멈춰 서게 하려고 지팡이를 던졌답니다. 그래서 '세 명의 왕'을 '장 드 밀랑의 지팡이'라고도 부르는 거지요.

하지만 별들 중에 뭐니 뭐니 해도 제일 아름다운 건 바로 우리들의 별인 '양치기 별'이랍니다. 우리가 새벽에 양 떼를 몰고 나갈 때 그리고 우리가 저녁에 양 떼를 몰고 돌아올 때 우리들 앞에서 빛나거든요. 우리는 아직도 그 별을 마글론이라고 부릅니다. '프로방스의 피에르(토성)' 뒤를 쫓아가서 7년 만에 한 번씩 결혼을 한답니다."

"뭐예요? 별들이 결혼을 한다고?"

"그렇답니다, 아가씨."

그런데 내가 별들의 결혼에 대해 설명을 하려는 순간, 나는 무언가 상큼하면서도 가냘픈 것이 내 어깨에 가만히 기대는 것 같은 느낌을 받았습니다. 리본과 레이스와 물결치는 머리카락이 가볍게 부딪혀 사각 소리를 예쁘게 내며 잠으로 무거워진 아가씨 머리가 살짝 내게 기댄 것이었어요.

아가씨는 날이 밝아 하늘의 별빛이 흐려질 때까지 그렇게 꼼짝 않고 그대로 있었어요. 나는 아가씨가 잠자는 모습을 지켜보고 있었지요. 내 존재 저 깊은 곳에서는 약간의 흔들림이 있었지만 이제껏 내게 선한 생각만을 주었던 이 밝은 밤의 신성한 보호를 받고 있었어요. 우리 주변으로는 별들이 마치 수많은 양 떼들처럼 유순하게 소리 없는 움직임을 계속하고 있었어요. 그리고 나는 저 별들 중에서 가장 가냘프고 가장 밝게 빛나는 별이 길을 잃고 내려와 내 어깨에 기대어 잠들어 있는 것이라고 몇 번이나 생각하곤 했답니다.

별

아를의 여인

내가 살고 있는 풍차 방앗간에서 마을로 가려면 팽나무들이 우거진 넓은 뜰 안쪽에 세워져 있는, 길가의 농가 앞을 지나게 됩니다. 진짜 프로방스 지방 지주의 저택으로서 붉은 기와지붕에, 널찍한 갈색 저택 앞쪽에는 불규칙하게 창문이 나 있습니다. 집 꼭대기에는 다락방의 바람개비와 건초를 끌어 올리는 도르래가 달려 있고 그 위로는 건초 다발 몇 개가 삐져나와 있는 것이 보입니다.

어째서 이 집이 내 눈길을 사로잡는 것일까? 어째서 이 집의 닫혀 있는 대문을 보고 가슴이 저렸을까? 분명 뭐라고 대답할 수는 없었음에도 불구하고 그 집을 보면 가슴이 서늘해졌습니다. 집 주위는 너무나 고요했고…… 사람들이 지나가도 개들조차 짖지 않았고 뿔닭들은 소리 없이 달아났습니다. 집 안에서는 그 누구의 목소리도 들리지 않았고 노새 방울 소리조차 들리지 않았습니다……. 창문에 드리워진 흰 커튼이나 지붕 위로 피어오르는 연기만 아니었다면 아무도 살지 않는 집이라고 생각했을 것입니다.

어제 정오쯤 마을에서 집으로 돌아오면서 나는 땡볕을 피해 그 농가 담을 따라 팽나무 그늘 속을 걷고 있었습니다. 농가 앞 길에서는 하인들이 묵묵히 건초를 수레에 싣는 일을 마무리하고 있었습니다. 대문은 열려 있었습니다. 나는 지나가면서 흘끗 안을 들여다보았습니다. 뜰 안쪽에 키 큰 백발노인 한 명이 널따란 돌 탁자에 팔을 괸 채 두 손으로 머리를 감싸 쥐고 앉아 있는 모습이 보이더군요. 아주 짧은 윗저고리에 다 해진 바지를 입고 있었습니다……. 나는 멈춰 섰습니다. 누군가 내게 낮은 목소리로 말하더군요.

"쉿! 주인어른이십니다……. 아드님이 불행한 일을 겪은 뒤로 늘 저러고 계시지요."

그 순간 검은 옷을 입은 부인 한 명과 어린 사내아이가 금박을 입힌 두꺼운 기도서를 들고 우리 곁을 지나 안으로 들어갔습니다.

"주인마님과 막내아들입니다. 미사에서 돌아오는 길이지요. 큰 아드님이 목숨을 끊은 뒤에 매일 미사에 나가십니다……. 아! 선생님, 얼마나 가슴 아픈 일인지……! 아버님은 아직도 저세상으로 간 아들의 옷을 입고 있답니다. 아무리 벗으라고 해도 듣지 않으시니……. 이랴, 가자! 이놈의 말!"

수레가 흔들리더니 출발했습니다. 나는 더 자세히 알고 싶어서 마차꾼에게 곁에 앉게 해달라고 부탁했습니다. 이리하여 나는 수레 위 건초 더미 사이에서 저 슬픈 이야기의 전말을 듣게 되었습니다.

* * *

그의 이름은 장이었습니다.

스무 살의 훌륭한 농부로서 아가씨처럼 조신했고 건장한 체격에 해맑은 얼굴이었습니다. 워낙 미남이었기에 뭇 여자들의 눈길을 끌었습니다. 하지만 그의 머릿속에는 오직 한 여자밖에 없었습니다. 아를에 있는 투기장에서 딱 한 번 마주친, 벨벳 옷과 레이스로 몸을 치장한 귀여운 아를의 여자였습니다. 집에서는 처음부터 이들의 관계를 탐탁지 않게 여겼습니다. 그 여자는 바람기가 있다고 알려져 있었으며 부모가 이곳 출신이 아니었던 것입니다. 하지만 장은 한사코 그 여자에게만 매달렸습니다. 그는 말했습니다.

"그 여자가 아니면 죽어버릴 거야."

어쩔 도리가 없었습니다. 추수가 끝나면 둘을 결혼시키기로 정했습니다.

그런데 어느 일요일 저녁, 가족들이 농가 마당에서 막 저녁 식사를 마칠 때쯤이었습니다. 마치 결혼 축하연이나 다름없었습니다. 신부는 참석하지 않았지만 가족들은 내내 신부를 위해 축배를 들었지요. 그런데 한 남자가 문 앞에 나타났습니다. 그리고 떨리는 목소리로 에스테브 주인 영감님과만 단둘이 긴히 나눌 말이 있다고 했습니다. 에스테브 영감님은 자리에서 일어나 밖으로 나갔습니다.

"영감님." 사내가 말했습니다. "영감님은 2년 동안 저의 애인이었던 부정한 여자와 아드님을 결혼시키려 하고 계십니다. 얼마든지 증명할 수 있습니다. 여기 편지들이 있습니다……! 그녀의 부모들이 사실을 다 알고 제게 딸을 주겠다고 약속했지요. 그런데 영감님 아드님이 그녀에게 구혼한 이후로 그녀의 부모도, 그녀도 저를 거들떠보지 않습니다……. 하지만 저는, 그런 식으로 살던 여자가 누군가 다른 사람의 아내가 될 수는 없다고 생각합니다."

"잘 알겠소!" 편지들을 보고 나서 에스테브 영감님이 말했습니다. "들어와서 포도주나 한잔 드시오."

그러자 사내가 대답했습니다.

"감사합니다만 너무 슬퍼서 술을 마실 기분이 아닙니다."

그런 후 그는 가버렸습니다.

영감님은 태연한 표정으로 돌아와 식탁에 앉았습니다. 그리고 식사는 즐겁게 끝났습니다.

그날 저녁 에스테브 영감님은 아들과 함께 들판으로 나갔습니다. 그들은 오랫동안 밖에 있었습니다. 그들이 집으로 돌아올 때까지 어머니는 기다리고 있었습니다.

"여보." 지주 영감님이 아들을 아내에게 떠다밀며 말했습니다. "입을 맞춰주구려. 가엾은 녀석!"

* * *

장은 아를의 여인 이야기를 더 이상 입에 올리지 않았습니다. 하지만 그는 여전히 그 여자를 사랑하고 있었고, 심지어 그녀가 다른 남자 품에 안겼던 여자라는 사실을 알게 된 뒤로 그 어느 때보다 더 그녀를 사랑하게 된 것입니다. 다만 자존심이 너무 강해서 아무 말도 하지 않고 있었던 것이지요. 그래서 죽음에 이르게 된 것이고…… 가엾은 친구……! 이따금 그는 온종일 방구석에 처박혀 꼼짝 않고 있기도 했습니다. 또 어떤 날은 미친 듯이 일에 달려들어 날품팔이 열 명 몫을 혼자 해치우기도 했습니다. 저녁이 되면 아를로 향하는 큰길을 통해 해 질 무렵 아를시의 뾰족한 종탑이 보일 때까지 걸어갔다가 오곤 했습니다. 하지만 그 이상 더 간 적은 없었습니다.

언제나 슬픈 얼굴로 혼자 지내는 그의 모습을 보고 집안사람들은 어찌할 바를 몰랐습니다. 무슨 불상사나 일어나지 않을까 걱정이 태산 같았지요. 한번은 식탁에서 그의 어머니가 눈물이 그렁그렁한 눈으로 그를 바라보며 말했습니다.

"애야, 내 말 좀 들어보렴. 그래도 그 애가 그렇게 좋다면 결혼시켜주마."

아버지는 부끄러움으로 얼굴을 붉히며 고개를 숙였습니다. 장은 아니라는 몸짓을 하더니 밖으로 나가버렸습니다.

그날부터 장의 생활 태도가 싹 바뀌었습니다. 그는 부모를 안심시키려는 듯 늘 명랑한 표정을 지었습니다. 장은 무도회에도 모습을 보였고 술집에도 나타났으며 퐁비에유의 성인(聖人) 축제에서 파랑돌 춤을 주도하기도 했습니다.

아버지는 "저 애는 이제 다 나았어"라고 말했지만 어머니는 여전히 걱정이 그치지 않았고 전보다 더 자식을 유심히 살펴보았습니다. 장은 양잠실(養蠶室) 바로 옆에서 동생과 함께 잠을 잤고 이를 불쌍히 여긴 어머니는 그들 옆방에 침대를 갖다 놓게 했습니다. 밤중에 누에를 보살필 일이 생길지도 모른다는 핑계를 대고서…….

지주들의 수호성인인 성 엘루아의 축일이 되었습니다. 농가에는 흥이 넘쳐흘렀습니다. 모든 사람들이 샤토 뇌프 포도주를 실컷 마실 수 있었고 뱅 퀴가 마음껏 흘러넘쳤습니다. 폭죽이 터지고 이어서 마당에 모닥불이 타오르고 오색 등불이 팽나무를 온통 화려하게 수놓았습니다. 성 엘루아 만세! 사람들은 지쳐 쓰러질 때까지 파랑돌 춤을 추었습니다. 장의 동생은 춤을 추다가 새 옷을 태웠고요……. 장도 흡족한 기색이었지요. 그는 어머니에게도 춤을 청했습니다. 가엾은 어머니는 기쁨의 눈물을 흘렸고요.

자정이 되자 모두들 잠자리에 들었습니다. 다들 졸렸거든요.

하지만 장만은 잠을 이루지 못했습니다. 형이 밤새 흐느껴 울었다고 장의 동생이 나중에 말했습니다. 아, 정말로 마음이 한없이 괴로웠던 거지요.

* * *

다음 날 새벽, 어머니는 누군가 자신의 방을 가로질러 달려가는 소리를 들었습니다. 어머니는 어떤 예감에 사로잡혔습니다.

"장이니?"

장은 대답하지 않았습니다. 그는 이미 계단을 오르고 있었습니다.

어머니는 황급히 자리에서 일어났습니다.

"장, 어디 가니?"

장은 지붕 밑 다락방으로 오르고 있었고 어머니가 뒤를 따라 올랐습니다.

"얘야! 제발!"

장은 문을 닫고 빗장을 채웠습니다.

"장, 우리 아들아! 대답 좀 해봐! 대체 왜 그러는 거니?"

주름 잡힌 손을 떨면서 어머니는 더듬더듬 문고리를 찾았습니다……. 창문이 열리더니 정원 포석 위로 뭔가 쿵 떨어지는 소리가 났고, 그것으로 그만이었습니다.

가엾은 아들은 이렇게 중얼거렸답니다. "난 그녀를 너무 사랑해……. 떠나버릴래……."

오, 인간의 마음이란 그 얼마나 가련한 것인지! 하지만 상대방에 대한 경멸심이 아무리 강하더라도 사랑하는 마음을 꺾을 수 없을 정도로 단단하기도 하지요!

다음 날 아침, 마을 사람들은 에스테브 농가 쪽에서 누가 그렇게 서럽게 울고 있는 건지 의아하게 생각했답니다.

그것은 이슬과 피로 물든 돌 식탁 앞에서 잠옷 바람으로 죽은 아들을 품에 안은 채 서럽게 흐느끼고 있는 어머니의 울음소리였습니다.

퀴퀴냥의 신부

해마다 성촉절(聖燭節, 성모를 기리는 축일, 2월 2일)이 되면 프로방스의 시인들은 아비뇽에서 아름다운 시들과 예쁜 이야기들이 가득 담긴 작고 유쾌한 책을 펴냅니다. 올해 나온 책이 방금 나에게 도착했는데요, 그 책에서 정말 근사한 이야기를 한 편 읽었답니다.

너무 근사한 이야기라서 여러분들에게 조금 짧게 줄여서 이야기해줄 테니 자, 파리 시민 여러분, 장바구니를 내밀어보시지요. 프로방스 지방의 아주 보드라운 밀가루 꽃으로 여러분의 바구니를 채워드릴 테니…….

마르탱 신부는, 그러니까…… 퀴퀴냥의 주임 사제였답니다.

더없이 선량하고 솔직했으며 퀴퀴냥 사람들에게 자애로운 사랑을 베풀었습니다. 만일 퀴퀴냥 사람들이 그를 조금만 더 흡족하게 해주었다면 퀴퀴냥은 그에게 지상의 천국 같은 곳이 었을 겁니다.

그런데, 오호라! 고해소에는 거미줄이 처져 있었고, 날씨 좋은 부활절에도 성체의 빵은 성합(聖盒)에 고스란히 담겨 있었으니! 사제는 가슴이 찢어지듯 아팠고 흩어진 양 떼를 다시 우리 안으로 데려오기 전까지는 죽지 않게 해주소서, 라고 하느님께 기도했답니다.

자, 여러분, 하느님께서 그 기도를 들어주셨는지 이제부터 함께 보기로 할까요?

어느 주일날, 성경 봉독을 마친 마르탱 신부는 강론대로 올라갔습니다.

* * *

강론대에서 신부님이 말했습니다.

"형제자매 여러분, 여러분이 믿으실지 모르겠지만, 어느 날 밤 이 보잘것없는 죄인이 천국의 문 앞에 서 있게 되었습니다. 제가 문을 두드리자 성 베드로가 문을 열어주었지 뭡니까! 그분이 제게 말했습니다.

― 아, 선량한 마르탱 신부님이로군요. 무슨 일로 여기까지⋯⋯? 뭘 도와드릴까요?

― 아름다우신 성 베드로님, 베드로님은 위대한 심판의 명부와 열쇠를 지니고 계시지요. 제 호기심이 좀 지나친 것 같기는 하지만⋯⋯. 혹시, 천국에 퀴퀴냥 사람들이 몇 명이나 있는지 알려주실 수 있는지요?

― 마르탱 신부님, 거절할 이유가 없지요. 자, 앉으시지요. 함께 살펴봅시다.

성 베드로는 커다란 책을 꺼내어 펼치더니 안경을 쓰더군요.

― 어디 보자⋯⋯. 퀴퀴냥이라고 했지요? 퀴⋯⋯ 퀴⋯⋯ 퀴퀴냥⋯⋯ 아, 여기 있군, 퀴퀴냥⋯⋯. 그런데 마르탱 신부님, 이 페이지는 텅 비어 있는데요. 단 한 명의 영혼도⋯⋯. 칠면조에 가시가 없듯 여기에 퀴퀴냥 사람은 없군요.

― 네? 퀴퀴냥 사람이 없다고요? 단 한 명도? 그럴 리가요! 한 번만 더 살펴봐주시겠습니까?

― 신부님, 하나도 없습니다. 내가 농담하는 것 같으면 어디

직접 보세요.

— 제가요? 원, 무슨 말씀을!

나는 두 손을 모은 채 발을 동동 구르며 제발 긍휼히 여겨달라고 간청했습니다.

— 마르탱 신부님, 내 말을 믿으세요. 그렇게 흥분하지 말아요. 그러다 뇌출혈이라도 오면 어쩌시려고……. 어쨌든 신부님 잘못은 아닙니다. 신부님의 퀴퀴냥 사람들은 틀림없이 연옥에서 40일간 단련을 받아야 할 겁니다.

— 오, 위대하신 베드로님, 제게 자비를 베풀어주십시오. 최소한 그들을 만나보고 제가 위로라도 한마디 할 수 있게 도와주십시오.

— 해드리다마다요……. 자, 얼른 이 샌들을 신으세요. 길이 많이 험하니까요……. 여기 괜찮은 샌들이 있군요……. 이제 앞으로 곧장 걸어가세요. 저기 저 끝에 모퉁이가 보이시나요? 저기로 가면 검은 십자가들이 박혀 있는 은으로 된 문이 나올 겁니다. 오른손으로 문을 두드리세요. 그러면 문을 열어줄 겁니다. 아데시아스(프로방스 지방의 작별 인사말 – 옮긴이)! 자, 건강과 활력을 잃지 마시고!

나는 길을 걷고…… 또 걸었습니다. 얼마나 힘들던지! 그 생각만 해도 소름이 쫙 끼쳐요! 가시투성이인 데다 숯불이 이글거리고, 뱀들이 우글거리며 쉭쉭 소리를 내는 오솔길을 한참 걸어가니 과연 은으로 된 문이 나오더군요.

쾅쾅!

─누가 문을 두드리는 거냐?

잔뜩 쉰 목소리가 언짢은 기색으로 물었습니다.

─퀴퀴냥의 사제입니다.

─어디……?

─퀴퀴냥이요.

─아, 그래요? 들어와요.

나는 안으로 들어갔습니다. 밤처럼 검은 날개를 달고 있는 키가 훌쩍 큰 아름다운 천사가 한낮처럼 빛나는 옷을 입은 채 허리에는 다이아몬드 열쇠를 달고 성 베드로의 명부보다 더 큰 명부에 샥샥샥 뭔가 적고 있었습니다.

─이제 끝났네. 그래, 무슨 일이요? 뭘 도와드릴까요?

천사가 말했습니다.

―하느님의 아름다운 천사이시여! 제가 알고 싶은 것은……
호기심에서이긴 하지만…… 혹시 이곳에 퀴퀴냥 사람들이 있
는지요…….

―퀴…… 어디요?

―퀴퀴냥이요. 퀴퀴냥 사람들 말입니다……. 제가 바로 그
사람들의 사제입니다.

―아, 마르탱 신부님이로군요. 맞지요?

―그렇습니다, 천사님.

―어디 보자, 퀴퀴냥이라…….

천사는 커다란 책을 펼치고 찾아보았습니다. 책장을 쉽게 넘
기려고 손가락에 침을 묻혀가면서 말입니다…….

―퀴퀴냥이라…….

천사가 한숨을 내쉬며 말했습니다.

―마르탱 신부님, 이곳 연옥에는 퀴퀴냥 사람이 한 명도 없
습니다.

―오, 예수님! 마리아님! 요셉님! 연옥에 퀴퀴냥 사람이 한
명도 없다고요! 오, 맙소사! 그렇다면 다들 대체 어디에 있는
거지요?

―신부님, 천국에 있겠지요. 거기 말고 어디 있겠어요?

─하지만 제가 방금 천국에서 오는 길입니다.

─천국에서 오는 길이라고요……? 그런데요?

─그런데 천국에 없었습니다……. 오, 천사들의 착한 어머니시여!

─신부님, 어쩌겠습니까? 그들이 천국에도 없고 연옥에도 없으면, 그 중간이란 건 없으니…… 그렇다면…….

─오, 맙소사! 다윗의 자손이신 예수 그리스도여! 아이고, 아이고, 어째 그런 일이……? 위대하신 성 베드로님이 거짓말을 하신 건 아닌지……? 하지만 닭 울음소리는 듣지 못했는데……. 오, 불쌍한 우리들! 우리 퀴퀴냥 사람들이 천국에 없는데 제가 어떻게 천국에 갈 수 있다는 말씀인가요?

─자, 들어봐요, 마르탱 신부님. 무슨 수를 써서라도 어떻게 된 일인지 직접 두 눈으로 확인하고 싶으면 이 오솔길을 죽 따라가세요. 될 수 있는 한 뛰어서 빨리 가세요……. 그러면 왼쪽에 커다란 문이 나타날 겁니다. 거기서 모든 걸 다 확인할 수 있을 겁니다. 하느님이 답을 주실 겁니다!

말을 마친 후 천사는 문을 닫았습니다.

벌건 숯불이 쫙 깔린 길고 긴 오솔길이었습니다. 나는 마치 술 취한 사람처럼 비틀거리며 걸어갔습니다. 걸음을 내디딜 때마다 어기적거릴 수밖에 없었지요. 땀에 흠뻑 젖었고, 내 몸의 털 한 올, 한 올마다 땀방울이 맺힐 정도였습니다. 목이 말라서 헐떡거릴 수밖에 없었고……. 하지만 휴, 선하신 베드로님이 빌려주신 샌들 덕분에 발이 타버리는 것만은 면할 수 있었지요.

비틀비틀 헛걸음을 내디디며 한참을 가다보니 왼쪽에 문이 하나 보이더군요. 아니, 그냥 보통 문이 아니라 엄청나게 큰 문이, 마치 커다란 화덕의 문처럼 입을 떡하니 벌리고 열려 있었습니다.

오, 여러분! 얼마나 무시무시했는지! 거기서는 내 이름도 묻지 않았고 명부도 없었습니다. 오, 형제들이여! 사람들이 무리지어 마치 일요일에 무도회장에 들어가듯, 입구를 꽉 메운 채 꾸역꾸역 그 안으로 들어가고 있었습니다.

나는 땀을 뚝뚝 흘리면서도 온몸이 오싹 얼어붙는 것을 느꼈습니다. 머리털도 쭈뼛 솟았고요. 탄내, 살이 익어가는 냄새……. 마치 우리 퀴퀴낭에서 대장장이 엘루아가 늙은 당나귀

발에 편자를 박을 때 불로 살을 지지면서 나는 냄새와 비슷한 냄새가 났어요. 탄내가 가득한 역한 공기에 숨이 막힐 것 같았지요. 또 끔찍한 비명 소리, 신음 소리, 울부짖는 소리, 욕설들이 들려왔고요.

─그래, 너, 들어올 거야, 안 들어올 거야?

어떤 뿔 달린 악마가 갈퀴로 나를 찍으며 말했습니다.

─저요? 저는 안 들어갑니다. 저는 하느님의 친구입니다.

─하느님의 친구……? 에잇, 퉤, 퉤, 염병할 놈! 여긴 뭐 하러 온 거야?

─제가 온 건…… 아! 말도 마세요, 도무지 서 있기도 힘드니……. 저는…… 저는 멀리서 왔는데…… 그저 얌전히 뭣 좀 물어보려고……. 그러니까…… 혹시…… 혹시…… 행여나…… 여기…… 누군가…… 퀴퀴냥에서 온 사람이 없는지…… 그냥 여쭤보고 싶어서…….

─이런 천벌 받을 놈! 이런 천치 같은 놈아! 퀴퀴냥 놈들은 전부 여기 와 있다는 걸 모른단 말이냐! 이 추한 까마귀 같은 놈아, 봐라! 네가 말한 퀴퀴냥 놈들이 어떤 꼴을 하고 있는지 보여주마!

* * *

　나는 무시무시한 회오리 불길 속에서 키다리 콕 갈린―여러 분들 다 아시지요? 툭하면 술에 취해 가엾은 클레롱에게 호통을 쳐대던 콕 갈린 말입니다―을 보았습니다. 카타리네도 보이더군요. 그 처량한 창녀 말입니다……. 늘 빈둥거리고…… 헛간에 혼자 누워서 잠자던 여자…… 생각날 거야, 이 양반들아……! 하지만 그만합시다! 그 이야긴 너무 많이 했으니…….

　파스칼 두아드푸아도 봤어요. 쥘리앵 씨의 올리브로 기름을 짜던 사람 말입니다. 이삭 줍는 여인 바베도 봤습니다. 이삭을 주울 때 남의 낟가리에서 한 움큼씩 슬쩍해서 일을 일찍 끝내곤 했던 여자, 다 아시지요? 손수레 바퀴에 늘 반질반질 기름칠을 했던 그라파지 영감도 보이데요.

　또 자기 우물물을 비싸게 팔아먹던 도핀, 주님 성체를 모시고 가는 나와 마주치면 머리에 납작모자를 쓰고 입에 파이프를 문 채 마치 개라도 마주친 듯 건방진 태도로 제 갈 길을 가던 토르티야르, 애인 제트와 함께 있는 쿨로 그리고 자크, 피에르, 토니…….”

* * *

들고 있던 사람들은 활짝 열린 지옥에서, 누구는 아버지를, 누구는 어머니를, 누구는 할머니를, 누구는 누이의 모습을 떠올리며 두려움에 하얗게 질려 신음 소리를 내뱉었습니다.

선량한 마르탱 신부가 말을 이었습니다.

"형제, 자매님들! 잘 느꼈겠지요? 이런 일이 더 이어지면 안 된다는 것을……. 나는 준비가 다 되었습니다. 나는 여러분 모두가 머리를 처박고 허우적대고 있는 그 심연에서 여러분들을 구해내고 싶습니다. 내일 바로 착수할 겁니다. 그래요, 바로 내일부터입니다.

할 일이 무척 많을 겁니다! 이렇게 할 겁니다. 일이 잘 진행되려면 질서가 있어야 합니다. 우리가 종키에르 마을에서 춤췄을 때처럼 한 줄, 한 줄 해나갈 겁니다.

월요일인 내일, 노인들 고해를 받습니다. 별일 아니지요.

화요일은 어린아이들입니다. 빨리 끝나겠지요.

수요일은 청년과 처녀들, 이건 좀 길어질 수도 있겠네요.

목요일은 어른 남자들, 그냥 짧게 끊을 겁니다.

금요일은 여자분들, 전 '긴 이야기 사절!'이라고 말할 겁니다.

토요일은 방앗간 주인……! 그 한 사람만으로도 하루가 모자라겠네요.

일요일엔 고해성사가 끝날 거고 우리는 모두 행복할 겁니다.

자, 아시겠어요, 여러분? 밀이 익었으면 베어야지요. 술병을 땄으면 마셔야지요. 더러운 빨랫감이 쌓였으면 빨아야지요. 깨끗하게 빨아야지요. 여러분 모두에게 주님의 은총을, 아멘!"

말한 대로 실행되었습니다. 빨랫감에 비눗물을 부었습니다. 이 기념비적인 일요일 이후 퀴퀴냥의 미덕의 향기는 사방 100리까지 퍼져 나갔습니다.

선한 목자 마르탱 신부는 어느 날 밤 행복과 기쁨에 겨워 꿈을 꾸었습니다. 자신의 양 떼들이 눈부신 행렬을 이루어 뒤를 따르는 가운데 하느님의 도시로 향하는 환하게 밝은 길을 오르는 꿈이었습니다. 그들을 수많은 밝은 촛불과 구름처럼 피어오른 향이 감싸고 있었고, 어린이 합창단이 「테 데움」 성가를 부르고 있었습니다.

이것이 퀴퀴냥의 주임 사제의 이야기입니다. 실은 떠돌이 건달 같은 루마니유(프로방스 지방의 작가)가 친한 친구에게 들었다며 여러분에게 들려주라고 했던 것을 그대로 전해준 거랍니다.

노부부

"아장 영감님, 편지가 왔나보지요?"

"네, 선생님…… 파리에서 왔네요."

이 선량한 아장 노인은 파리에서 편지가 온 사실에 우쭐해 있었습니다. 하지만 나는 아니었습니다. 이른 아침 느닷없이 내 탁자 위로 날아든 이 편지, 파리의 장 자크 거리에서 온 이 편지가 어쩐지 나의 하루를 앗아갈 것 같은 예감이 들었던 겁니다. 내 예감은 틀리지 않았습니다. 직접 한번 보시지요.

이보게, 자네에게 부탁이 한 가지 있네. 하루만 방앗간 문을 닫고 곧바로 에기에르에 좀 다녀올 수 없겠나……. 자네 있는 곳에서 30~40리 정도 떨어진 곳에 있는 큰 마을

이라네. 산책이라도 간다는 기분으로 다녀오게나.

그곳에 도착하면 고아 소녀들의 수도원이 어디냐고 물어보게. 그 수도원 바로 곁에 회색 덧창이 달려 있고 뒤뜰이 있는 낮은 집이 있을 걸세. 문을 두드릴 필요 없이 그냥 들어가면 되네. 문은 항상 열려 있으니까. 안으로 들어가면 큰 소리로 "안녕하세요, 어르신들! 저는 모리스의 친구입니다!"라고 외치게. 그러면 키 작은 두 명의 노인이 보일 걸세. 아, 정말, 노인도 완전히 파파노인 두 분이 안락의자에 파묻힌 채 두 팔을 벌리고 자네를 맞을 걸세. 그러면 나 대신 진심으로 포옹해드리게나. 마치 자네 친할아버지나 친할머니처럼 말일세.

그런 후 그분들과 이야기를 나누게. 그분들은 내 이야기를, 오로지 내 이야기만을 하실 거야. 오만 가지 우스꽝스러운 이야기를 하시겠지만 웃지 말고 귀를 기울여드리게. 절대로 웃으면 안 돼! 알겠나? 나의 두 분 조부모님들이고 내게는 인생의 전부인 분들이라네. 그런데 벌써 10년 동안 뵙지 못했어. 10년이라는 긴 세월 동안!

하지만 어쩌겠나. 나는 파리에 붙잡혀 있고 그분들은 너무 연로하셔서……. 나를 보러 오시다가는 도중에 탈이

나실 거야. 다행히 자네, 사랑스러운 방앗간 주인인 자네
가 그곳에 있지 않은가! 그 가엾은 노인네들이 자네를 안
아주시면서 조금은 나를 안는다는 기분에 젖으실 수 있
을 거야. 내가 자네 이름과 우리의 우정에 대해 자주 말
씀을 드렸거든…….

빌어먹을 놈의 우정이라니! 그날 날씨는 기가 막혔지만 길을
걷기에는 적당하지 않았습니다. 미스트랄이 너무 세차게 불었
고 햇볕이 너무 강하게 내리쬐고 있었지요. 전형적인 프로방스
지방 날씨였습니다. 그 망할 놈의 편지가 왔을 때 나는 이미 바
위 사이에 은신처를 찾아 놓은 참이었습니다. 거기서 도마뱀처
럼 빛이나 마시고 소나무 노랫소리를 들으며 온종일 빈둥거릴
꿈에 젖어 있었지요. 하지만 뭐 어쩌겠어요? 나는 툴툴대며 풍
차 방앗간 문을 닫고 열쇠를 돌려 잠갔지요. 그리고 지팡이, 파
이프를 챙겨 길을 떠났습니다.
　오후 2시쯤 되어 나는 에기에르에 도착했습니다. 사람들은
모두 밭으로 일을 하러 나가고 마을에는 인적이 없었습니다. 먼
지가 뽀얗게 덮여 있는 마당 안 느릅나무에서는 매미들이 마치
자갈땅 한복판에서처럼 요란하게 울어대고 있었습니다. 읍사무

소 앞 광장에는 당나귀 한 마리가 햇볕을 쬐고 있었고 비둘기 한 마리가 교회 분수대 위를 날고 있었습니다. 보육원이 어디인 지 가르쳐줄 만한 사람은 한 명도 눈에 띄지 않았습니다.

다행히 나이 든 요정 한 명이 눈에 들어왔습니다. 요정 할머 니는 자기 집 대문 한구석에 쭈그리고 앉아 실을 잣고 있었습 니다. 나는 그 할머니에게 내가 찾고 있는 곳을 물었습니다. 그 런데 요정 할머니의 마력이 강했던지 실을 잣고 있던 씨아를 살짝 들어 올렸을 뿐인데 마치 마술처럼 보육원이 있는 수도원 이 눈앞에 모습을 드러내는 게 아니겠어요! 검고 음산한 큰 건 물이었습니다. 고딕식 첨단 형 대문 위에는 붉은 사암으로 만 든 십자가가 달려 있었는데, 마치 십자가 둘레에 새겨진 라틴어 를 뽐내고 있는 것 같았습니다. 그 건물 곁에 그보다 훨씬 작은 집이 눈에 띄었습니다. 회색 덧창과 뒤뜰……. 나는 그 집임을 즉각 알아보고는 문을 두드리지도 않고 안으로 들어갔습니다.

서늘하고 고요한 긴 복도, 장밋빛 칠을 한 벽, 연하게 칠한 발을 통해 저 안에 어른거리는 정원, 널판마다 놓여 있는 시든 꽃들은 평생 내 눈앞에 아른거릴 그림 같았습니다. 마치 스텐 (18세기 프랑스 극작가)이 살았던 시절 어느 노(老)대법관의 집에라 도 들어선 것 같았습니다. 복도 끝, 절반쯤 열린 왼쪽 문을 통해 벽시계 똑딱거리는 소리와 어린아이가 책을 읽는 소리가 들려왔습니다. 마치 어린 학생이 한 음절 한 음절씩 또박또박 끊어 읽는 것 같았습니다.

"그러자…… 성자…… 이레네오가…… 외치기를…… 나는…… 주님의…… 밀가루이니…… 내가…… 저…… 짐승들의…… 이빨로…… 갈아져서……."

나는 살그머니 그 문으로 다가가서 들여다보았습니다. 조용하고 어슴푸레한 작은 방 안에서 광대뼈가 발그레하고 손가락 끝까지 주름이 잡힌 노인 한 분이 손을 무릎 위에 올려놓은 채 입을 벌리고 안락의자에 깊숙이 묻혀 잠들어 있었습니다. 노인의 발치에서 푸른 옷을 입은 어린 소녀가 보육원 복장인 큰 외투를 입고 작은 모자를 쓴 채 제 몸보다 더 큰 책을 들고 『성 이레네오의 생애』를 읽고 있었습니다. 이 신비로운 낭송이 온 집 안에 그 효과를 발휘하고 있었습니다.

노인은 안락의자에 앉아서, 파리는 천장에 붙어서, 카나리아는 창가에 놓인 새장 안에서 잠들어 있었습니다. 커다란 벽시계마저 똑딱똑딱 코를 골고 있었습니다. 방 전체에서 깨어 있는 것이라고는 닫힌 덧문 사이로 곧바로 하얗게 내리비치는 햇살, 반짝이며 춤을 추는 작은 빛들로 가득 차 있는 햇살뿐이었습니다. 모든 것이 졸고 있는 가운데 어린 소녀는 심각한 표정으로 계속해서 책을 읽어나갔습니다.

"그러자…… 사자 두 마리가…… 그에게…… 달려들어…… 그를…… 삼켜버렸으니……."

바로 그 순간 내가 방 안으로 들어선 겁니다. 성 이레네오를 잡아먹은 사자들이 방 안으로 뛰어들었다 해도 나보다 더 놀라게 하지는 못했을 겁니다. 정말 볼만한 광경이었지요! 소녀는 소리를 지르며 큰 책을 떨어뜨렸습니다. 카나리아와 파리들은 잠에서 깨어났고 시계의 괘종이 댕댕 울렸으며 노인도 깜짝 놀라 벌떡 일어났습니다. 나도 당황해서 문지방에 멈춰선 채 큰 소리로 말했습니다.

"안녕하세요, 여러분! 저는 모리스의 친구입니다."

오, 그 순간의 노인의 모습을 여러분이 볼 수만 있었다면! 그 불쌍한 노인은 두 팔을 벌리고 내게 다가오더니 나를 껴안은 다음, 내 두 손을 부여잡은 채 방 안을 이리저리 돌아다니며 연신 "오, 맙소사! 오, 맙소사!"라고 큰 소리로 외쳤습니다.

노인 얼굴의 주름살 하나하나가 온통 웃음 짓고 있었습니다. 그는 붉어진 얼굴로 더듬거리며 말했습니다.

"오! 이 양반아……! 오, 그래, 이 양반아……!"

그리고 방 안쪽으로 가며 큰 소리로 외쳤습니다.

"여보, 마메트!"

문이 열리더니 복도에서 생쥐가 달려가는 것 같은 발소리가 났습니다. 마메트였습니다. 리본 매듭이 달린 모자를 쓰고 카르멜 수녀복 같은 옷을 입은 채, 옛날식으로 내게 경의를 표하기 위해 수놓은 손수건을 손에 들고 있는 이 작은 할머니보다 더 아름다운 모습이 있을 수 있을까요! 아, 얼마나 가슴이 뭉클했는지! 두 분이 서로 닮았던 것입니다! 할아버지도 머리를 둥글게 말고 리본 달린 모자를 썼다면 마메트라고 불러도 될 정도였으니까요. 다만 진짜 마메트 할머니는 평생 울 일이 많았는지 할아버지보다 주름이 훨씬 더 많았습니다.

할머니 곁에도 할아버지처럼 보육원 소녀 아이가 한 명 있었습니다. 푸른색 순례 복장의 그 작은 호위병은 잠시도 할머니 곁을 떠나지 않았습니다. 두 노인을 두 고아 소녀들이 돌보는 모습은 정말이지 너무나 감동적이었습니다.

마메트 할머니는 안으로 들어서자 내게 정중하게 인사를 하려 했습니다. 그런데 할아버지의 한마디가 그 정중한 인사를 도중에 그만두게 했습니다.

"모리스의 친구래."

그러자 할머니는 몸을 바르르 떨며 울음을 터뜨리더니 손수건을 떨어뜨렸습니다. 할머니의 얼굴이 빨갛게, 아주 빨갛게, 할아버지 얼굴보다 더 빨갛게 상기되었습니다. 오, 불쌍한 노인네들! 핏줄에 단 한 방울의 피밖에는 없을 텐데 조금만 감동을 해도 피란 피는 모두 얼굴로 몰리다니!

"자, 빨리, 빨리, 의자를 가져와라." 할머니가 소녀에게 말했습니다.

"덧창을 열어!" 할아버지도 곁의 소녀에게 말했어요.

그러더니 두 분이 내 손을 하나씩 잡고는 창가로 데려가더니 내 얼굴을 좀 더 잘 보려고 창문을 활짝 열었습니다. 소녀들이 안락의자를 가까이 붙여 놓았고 나는 두 분 사이 접이식 의자에 앉았습니다. 소녀들이 우리들 등 뒤에 서자 질문 공세가 시작되었습니다.

"그래, 우리 애는 잘 있어요? 무슨 일을 하고 있지? 그 애는 왜 못 온 거야? 정말 잘 지내고 있어요?"

그러고는 어쩌고저쩌고, 비슷한 질문이 몇 시간이고 이어졌습니다.

나는 모든 질문에 성심성의껏 대답했고 내 친구에 대해서 아는 것은 자세하게, 모르는 것은 꾸며서라도 설명해드렸습니다.

그의 집 창문은 잘 닫히는지, 방의 벽지는 무슨 색인지 자세히 본 적이 없다고 실토하지 않도록 특히 조심해야 했지요.

"모리스 방의 벽지요……! 푸른색이랍니다. 밝은색에 꽃무늬가 있지요."

그러면 할머니는 감동해서 말했습니다.

"정말이우?"

그러고는 할아버지를 향해 고개를 돌리며 "참 착한 애지요!"라고 말했고 할아버지도 감격한 표정으로 "암, 착한 애다마다……"라고 대답했습니다.

그리고 내가 말하는 내내 두 분은 고개를 끄덕이기도 했고 살짝살짝 웃음을 짓기도 했으며 눈을 깜빡이기도 했고 잘 알아들었다는 표정을 짓기도 했습니다. 때로는 할아버지가 내게 몸을 바싹 붙이며 "제발 더 큰 소리로 말해주구려. 할멈이 가는귀를 먹어서……"라고 말하기도 했습니다. 그러면 이번에는 할머니가 말했습니다.

"그래, 좀 더 큰 소리로 말해줘요. 저 양반은 잘 듣지를 못해요."

그러면 나는 목소리를 높였고 두 분은 고맙다는 듯 웃음을 지었습니다.

내 쪽으로 몸을 구부정하게 굽히며 내 두 눈 깊숙한 곳에서 모리스의 모습을 찾아보려 애쓰는 두 분의 생기 없는 눈을 바라보면서, 나는 마치 내 친구가 멀리 안개 속에서 나를 향해 미소 짓고 있는 듯, 그 흐릿하고 베일에 싸인 것 같은 거의 포착하기 어려운 이미지를 다시 찾은 듯 가슴이 뭉클해졌습니다.

* * *

갑자기 할아버지가 안락의자에서 일어나며 말했습니다.

"이런 정신 좀 보게. 할멈, 아직 점심을 안 했을 텐데!"

그러자 할머니가 깜짝 놀라 팔을 쳐들었습니다.

"어머, 점심을……! 원, 세상에!"

나는 이 이야기도 모리스 얘기려니 하고, 그 착한 손자는 12시 넘어서 점심을 드는 일은 절대 없다고 대답하려 했습니다. 하지만 아니었습니다. 두 분은 내 이야기를 한 것이었습니다. 사실 아직 아무것도 먹은 게 없다고 내가 대답하자 어찌나 난리가 났던지!

"얘들아! 얼른 상을 차려! 방 한가운데 식탁을 놓고 주일날 쓰는 냅킨과 꽃무늬 접시를 가져와. 그렇게 웃지만 말고 어서 서둘러……."

정말로 소녀들은 서두른 것 같았습니다. 세 개의 접시를 깨뜨리는 사이 점심상이 차려졌습니다.

"변변치 않지만 많이 들어요!" 할머니가 나를 식탁으로 안내하며 말했습니다. "혼자 들게 해서 어쩌지……. 우리는 아까 아침에 벌써 먹었다오."

불쌍한 노인들! 시간이 몇 시가 되었던 늘 아까 아침에 먹었다고 한다니까요.

할머니가 변변치 않다고 한 식사는 약간의 우유와 대추와 바게트, 에쇼데 과자 비슷한 것 하나뿐이었습니다. 하지만 할머니와 카나리아에게는 최소한 1주일 치 식량이었지요. 그런데 나 혼자서 이 모든 식량을 다 먹어치우다니……. 그러니 식탁 주변에 있는 존재들이 그 얼마나 분개했겠어요! 푸른 옷을 입은 소녀들이 팔꿈치를 쿡쿡 찌르면서 쑥덕거리는가 하면 카나리아들은 "맙소사, 저 양반이 바게트를 다 먹어치우네"라고 말하는 것 같았습니다.

정말로 나는 그 음식들을 다 먹어치웠습니다. 옛날 물건들의 향기가 떠다니는 이 밝고 평온한 방에서 주위를 두리번거리느라 나도 모르는 사이 다 먹어치운 거지요……. 특히 두 개의 작은 침대에서는 눈길을 뗄 수 없었습니다. 차라리 요람이라고 하는 게 마땅할 두 개의 작은 침대를 보고 나는 아침 동틀 무렵 아직 술 장식 달린 커다란 커튼 아래 파묻혀 있는 두 노인의 모습을 그려보았습니다. 시계가 3시를 울립니다. 두 노인이 잠에서 깨어날 시간이지요.

"할멈, 아직 자고 있나?"

"아뇨."

"모리스는 정말 착한 아이지?"

"그럼요, 착하다마다요."

나는 나란히 놓여 있는 두 개의 작은 침대를 보는 것만으로도 그렇게 두 노인이 주고받는 이야기를 상상해낼 수 있었습니다.

그동안 방 반대쪽 찬장 앞에서 끔찍한 드라마가 벌어지고 있었습니다. 찬장 맨 위 칸에서 모리스를 10년 동안 기다리고 있던 체리주 술병을 나를 위해 개봉하려고 끄집어 내리는 일이 벌어지고 있었던 겁니다. 마메트 할머니가 제발 그런 위험한 짓 하지 말라고 빌다시피 했는데도 할아버지는 손수 술병을 내리겠다는 고집을 꺾지 않았습니다. 할아버지는 무서워서 벌벌 떠는 할머니 앞에서, 의자에 올라선 채 그 높은 곳에 손을 뻗치려 애를 썼습니다. 그 광경을 마치 그림처럼 한번 떠올려보세요.

떨리는 몸을 꼿꼿이 세운 할아버지. 할아버지가 올라서 있는 의자를 꽉 붙잡고 있는 푸른 옷의 소녀들. 할아버지 뒤에서 두 팔을 앞으로 내민 채 가쁜 숨을 쉬고 있는 할머니. 그 광경 위쪽으로 냅킨이 켜켜이 쌓여 있는 찬장. 열린 찬장 문을 통해 흘러나오는 향긋한 베르가모트 차 향기! 정말 매혹적인 광경이었지요.

마침내 천신만고 끝에 할아버지는 찬장에서 그 유서 깊은 술병을 내리는 데 성공하고 무늬가 새겨진 작은 은잔도 꺼내는 데 성공했습니다. 모리스가 어릴 때 쓰던 잔이었습니다. 할아버지는 체리주를 한 잔 가득 따라주었습니다. 모리스가 그토록 좋아하던 그 체리주를! 할아버지는 술을 따라주면서 내 귀에 대고 입맛을 다시며 속삭였습니다.

"자네는 행운아야! 이걸 맛볼 수 있다니……! 할멈이 직접 담근 술이라오. 맛이 아주 괜찮을 거야."

이런! 할머니가 직접 담근 건 맞지만, 할머니는 그만 설탕을 넣는 걸 깜빡했지 뭡니까? 어쩌겠어요? 나이를 먹으면 정신이 없어지는 법이니까요. 가엾은 마메트 할머니……. 할머니가 담근 술은 끔찍했어요. 하지만 나는 눈썹 하나 찡그리지 않고 단숨에 몽땅 들이켰습니다.

* * *

식사가 끝나자 나는 작별 인사를 하려고 자리에서 일어났습니다. 할아버지와 할머니는 착한 손자 이야기를 더 하려고 나를 좀 더 붙잡아두고 싶었겠지만 해가 이미 기울기 시작했고 풍차 방앗간은 멀어서 출발해야만 했습니다.

할아버지도 나를 따라 자리에서 일어났습니다.

"할멈, 내 옷 좀 줘요. 광장까지 배웅해야겠어."

내심 할머니는 나를 광장까지 바래다주기에는 날이 이미 추워졌다고 생각했겠지만 그런 내색은 조금도 하지 않았습니다. 다만 옷소매에 팔을 집어넣는 할아버지를 도우면서(진줏빛 단추가 달린, 스페인 담배 색깔의 멋진 외투였습니다) 사랑스러운 할머니는 조용히 속삭였습니다.

"너무 늦게 오지 않을 거지요?"

그러자 할아버지가 조금 장난기 어린 표정으로 말했습니다.

"음…… 음…… 알 수 있나……? 어쩌면……."

그러면서 두 분은 서로를 바라보며 웃었습니다. 푸른 옷의 소녀들은 두 분이 웃는 모습을 보며 웃었고 새장 속의 카나리아들도 그들 나름대로 웃었습니다. 우리끼리 말이지만 새들도 체리주 냄새에 약간 취했던 것 같습니다.

할아버지와 내가 밖으로 나가니 어느새 밤이었습니다. 푸른 옷의 소녀 한 명이 할아버지를 모셔가려고 멀리서 따라오고 있었습니다. 하지만 할아버지는 소녀를 보지 못했습니다. 할아버지는 내 팔짱을 끼고 어엿한 남자처럼 걸을 수 있는 것을 아주 자랑스러워했습니다. 마메트 할머니는 문가에서 환한 얼굴로 그 모습을 보고 있었습니다. 우리가 걸어가는 모습을 바라보며 예쁘게 머리를 끄덕이는 것이 마치 이렇게 말하고 있는 것 같았습니다.

"어쨌든, 저 양반이……! 그래, 아직 걸을 수는 있다니까."

빅슈의 손가방

　오늘은 이 풍차 방앗간으로 오기 전 이야기를 하나 해드리 겠습니다. 파리를 떠나기 며칠 전인 10월 어느 날 아침이었습 니다. 아침 식사를 하고 있는데 어떤 남루한 차림의 노인이 내 집을 찾아왔습니다. 안짱다리에 등이 굽고 깃털 빠진 두루미처 럼 긴 다리를 휘청거리며 너저분한 몰골로 나를 찾아온 것입니 다. 바로 빅슈, 파리 사람들 사이에서 명성이 자자한 바로 그 빅 슈였습니다. 15년 전부터 팸플릿과 풍자만화로 파리 시민 여러 분들을 그토록 즐겁게 해주었던 엄청난 독설가 빅슈, 신랄하면 서도 매력적이었던 바로 그 여러분의 빅슈였습니다. 오, 불쌍한 사람! 얼마나 비탄에 빠진 모습이었던지! 집으로 들어오면서 오만상을 찌푸리는 특유의 표정을 짓지 않았다면 나는 그를 알아보지도 못했을 것입니다.

음산하다는 느낌까지 주었던 이 유명한 재담꾼이 고개를 푹 수그리고 지팡이를 마치 클라리넷처럼 입에 물고서 방 한가운데까지 들어오더니 식탁에 몸을 부딪치며 처량하게 말하는 게 아니겠습니까!

"이 불쌍한 장님을 측은히 여겨주시길."

흉내를 정말 잘도 내는구나 싶어 나는 웃음을 참을 수 없었습니다. 그런데 그가 냉랭하게 말했습니다.

"농담하는 줄 아시는군……. 자, 내 눈을 좀 보시오."

그런 뒤 그는 눈동자가 없는 희멀건 눈을 내게로 향했습니다.

"이봐요, 나는 장님이 되었소. 영원히 눈이 먼 거야. 황산염으로 글을 쓰다보니 이렇게 된 거야. 그 잘난 일을 한답시고 눈을 다 태워버린 거지. 아예 속까지 전부…… 받침까지 다 타버린 셈이야!"

그는 정말로 속눈썹 흔적조차 남지 않고 타버린 눈을 내게 내밀었습니다.

나는 너무 충격을 받아 입을 열 수조차 없었습니다. 내가 아무 말이 없자 그가 불안했던 모양입니다.

"일하고 있었소?"

"아뇨, 아침 식사 중입니다. 같이 좀 드시겠어요?"

그는 대답은 하지 않았지만 콧구멍을 벌름거리는 것이 간절히 원하고 있음을 알 수 있었습니다. 나는 그의 손을 잡아 내옆에 앉혔습니다. 식사가 준비되는 동안 이 가엾은 친구는 가벼운 웃음을 띠며 식탁을 향해 코를 내밀고 킁킁 냄새를 맡았습니다.

"전부 맛있겠네. 내 입이 호사하겠어. 아침 식사를 제대로 해본 게 언제인지……. 관청으로 뛰어다니느라 싸구려 빵 한 조각으로 때우곤 했으니……. 아시겠지만 이제 관청으로 뛰어다니는 게 유일한 일거리가 되었지. 담뱃가게 하나 내볼까 하고……. 어쩌겠소. 식구들 입에 풀칠은 해야 할 것 아니겠소? 이제는 그림도 못 그리지, 글도 못 쓰지……. 받아쓰게 하면 되지 않느냐고 묻고 싶겠지. 도대체 뭘? 이제 머릿속이 텅 비어버렸는데……. 아무 이야기도 지어낼 수 없는데…….

내 직업이란 게 파리 사람들 얼굴 찌푸린 것을 보는 것, 그들을 그렇게 만드는 것 아니었소? 이제는 도리가 없어……. 그래서 담뱃가게 생각이 난 거지. 물론 대로변에 있는 버젓한 가게를 원하는 건 아니야. 내가 뭐, 댄서의 어머니도 아니고 계급 높은 장교의 과부도 아니니 그런 특혜를 바랄 수는 없지. 그저, 시골구석이든지 보주 지방 한구석처럼 아주 멀리 떨어진 곳에 작은 가게라도 하나 얻어보았으면 하는 거야. 아마 자기(瓷器)로 만든 파이프를 물고 지내게 되겠지. 이름도 에르크만-샤트리앙(19세기 프랑스의 소설가이자 극작가들. 둘은 공동 작품을 썼다 - 옮긴이)의 작품에 나오는 한스나 제베대로 바꿀 거야. 우리 시대 작가들의 작품으로 담배를 말면서 더 이상 글을 쓸 수 없게 된 자신을 위로하게 되겠지.

내가 원하는 건 그게 다야. 별로 대단한 것도 아니잖소……? 제길, 그런데 그것도 쉽게 이룰 수 없으니……. 뒤에서 밀어주는 사람이 있을 법도 한데……. 왕년엔 나도 잘나갔지. 원수(元帥), 대공(大公), 장관 들이 만찬에 초대해주었지. 내가 그들을 즐겁게 해주거나 혹은 나를 두려워해서 초대한 거요. 지금은 아무도 나를 두려워하지 않아. 오, 내 눈! 불쌍한 내 눈! 이제는 오라는 곳이 아무 데도 없소. 식탁에 눈먼 꼴로 앉아 있는 모습을 누가 좋아하겠소……? 저기, 빵 좀 건네주겠소? 에잇, 도둑놈들! 그놈의 하찮은 담뱃가게 하나 내려는데 이렇게 힘이 들어서야! 6개월 전부터 청원서를 들고 부처란 부처는 다 돌아다니고 있다니까……. 이른 아침 직원들이 난로에 불을 지피고 장관의 말을 궁정 뜰 모래밭에서 산책시킬 때 찾아가서, 저녁에 사람들이 등불을 켜고 부엌에서 맛있는 냄새가 풍길 때야 돌아온단 말이오.

　나는 대기실 나무 상자 같은 곳에 앉아 하염없이 세월만 축내고 있지. 수위들도 나를 알아보고 통과시켜줘요. 내무성에서는 나를 '착한 양반!'이라고 불러요. 그러면 나는 행여 그들의 도움이라도 받을까 해서 말장난을 하거나 압지 모퉁이에다 큰 콧수염을 그려서 그들을 웃기기도 하지……. 20년간 떠들썩한 성공을 거두었던 내 꼴이 겨우 요 모양이라니! 예술가로서의 삶의 말로가 겨우 요 모양이라니……! 그런데도 우리 글 쓰는 직업에 군침을 흘리는 건달들이 프랑스에만 4만 명이나 된다 이거요! 문학과 필명에 눈이 먼 바보들을 무더기로 실어 나르는 기차가 매일, 지방마다 한 대씩은 있는 꼴이라니……! 그저 낭만적인 꿈에 젖어 있는 촌뜨기들! 이 빅슈의 비참한 꼴이 타산지석이라도 되었으면!"

　말을 마치자 그는 접시에 코를 박고 게걸스럽게 음식을 먹기 시작했습니다. 한 마디 말도 없었지요. 너무나 딱한 모습이었습니다. 집었던 빵과 포크를 놓치기 일쑤였고 잔을 찾으려고 더듬거렸습니다……. 불쌍한 양반! 아직 눈먼 상태에 익숙하지 않았던 것이지요.

잠시 후 그가 다시 입을 열었습니다.

"더 끔찍한 일이 뭔지 알아요? 이제 신문을 볼 수 없다는 거요. 나 같은 직업을 가져보지 않은 사람은 그 기분을 알 수가 없지. 저녁에 집으로 돌아오면서 가끔 신문을 사곤 한다오. 촉촉한 신문지 냄새와 신선한 뉴스 냄새를 맡아보고 싶어서요. 기분이 좋아! 그런데 그걸 읽어줄 사람이 아무도 없어요! 마누라는 읽어줄 만하건만 싫다는 거요. 사회면 기사에 낯 뜨거운 내용이 많다나, 뭐라나…….

과거에는 남의 정부(情婦) 노릇이나 하던 여자들도 일단 결혼을 하면 세상에 다시 없을 그런 요조숙녀가 되어버리는 법이지……. 내 마누라도 빅슈의 아내가 된 다음에는 아예 극단적인 광신도가 되었어……! 아예 내 눈을 살레트의 성수로 문지르려 든다니까! 그뿐인가! 성찬식 빵이다, 의연금이다, 성(聖)보육원이다, 중국 어린이 후원이다…… 또 뭐라더라……? 암튼 끝이 없어요. 신물이 날 정도라니까. 그렇다면 내게 신문을 읽어주는 것도 선행에 속할 텐데……. 그런데 단호히 안 된다는 거요……. 딸아이가 집에 있었다면 읽어줬을 거요. 하지만 내가 장님이 된 후 입 하나라도 덜어보려고 노트르담 데자르 수녀원에 보내버렸소.

그래도 그 애는 내게 유일한 위안이긴 하지! 태어난 지 9년 도 안 되었는데 벌써 온갖 병이란 병은 다 앓았소⋯⋯. 침울한 얼굴에 못생기기까지 했지. 나보다 더 못생겼다면 말 다 했지 뭐요⋯⋯. 괴물⋯⋯! 하지만 어쩌겠소? 내게는 짐 덩어리를 만 들어내는 재주밖에 없으니⋯⋯. 아니, 내가 뭣 때문에 이런 집 안 이야기를 하고 있지⋯⋯. 당신과 무슨 상관이 있다고⋯⋯. 자, 술을 조금 더 주겠소? 시동을 좀 걸어야겠어. 여기서 나가 면 문부성으로 갈 건데⋯⋯. 거기 수위들은 다루기가 쉽지 않 아. 전에 모두 교사들이었거든.”

나는 그에게 술을 따라주었습니다. 그는 감동한 태도로 한 모금씩 천천히 맛을 보았습니다. 그런데 그가 갑자기 무슨 생 각에서인지 잔을 든 채 벌떡 일어났습니다. 그리고 마치 연설 을 시작하는 사람처럼 상냥한 미소를 띤 채 눈먼 살모사 같은 머리를 한동안 좌우로 빙 돌렸습니다. 이어서 그는 마치 식탁 에 둘러앉은 200명 정도 되는 사람들을 향해 말하듯 카랑카랑 한 목소리로 외쳤습니다.

“예술을 위하여! 문학을 위하여! 신문을 위하여!”

이어서 그는 이 어릿광대의 입에서 나온 연설 중 가장 광적이고 가장 경탄할 만한 즉흥 연설을 10분간 읊었습니다.

「186x년의 문학판」이라는 제목의 잡지 연말판을 한번 상상해보시지요. 이른바 문인이라고 자처하는 우리들의 모임, 우리들의 객설, 우리들의 논쟁, 상궤를 벗어난 온갖 우스꽝스러운 이야기들, 잉크로 만들어놓은 오물들, 위대함의 흔적이라곤 없는 지옥 그리고 거기에서 서로 목을 조르고, 죽기 살기로 싸우고, 서로서로 표절하고, 부르주아들보다 더 심하게 이해타산이나 따지고, 그러면서도 다른 그 어느 곳에서보다 굶어 죽는 사람들이 많은 곳. 우리의 온갖 비열함, 우리의 비참함을……. 늙은 T 남작이 청색 연미복을 차려입고 튈르리 궁까지 가서 구걸하는 모습……. 그리고 올해 세상을 뜬 문인들, 부고장이 날아온 장례식, 장례비조차 마련하지 못한 채 세상을 뜬 불행한 고인의 장례식에서 "친애하는…… 그리운……" 운운하며 애통해하는 척하는 늘 한결같은 지인 대표의 추도사. 자살한 사람, 미쳐버린 사람.

이런 모든 일을 한 천재적인 재담가가 손짓, 발짓 해가며 상세하게 이야기하는 모습을 한번 상상해보세요. 그러면 빅슈의 즉흥 연설이 어떤 것이었는지 알 수 있을 것입니다.

　　　　　　　　　　＊　＊　＊

　건배사가 끝나고 잔을 비우더니 그는 몇 시냐고 묻고는 작별 인사도 없이 마치 화난 사람처럼 밖으로 나가버렸습니다……. 그날 아침 문부성 뒤리 장관의 수위들이 그를 어떻게 대했을지 나는 모릅니다. 하지만 저 끔찍한 장님이 떠난 뒤만큼 슬프고 가슴이 아팠던 적은 내 일생에 한 번도 없었다는 것은 잘 알고 있습니다. 잉크병을 보기만 해도 구역질이 났고 펜만 보아도 몸서리가 쳐졌습니다. 어딘가 먼 곳으로 가버렸으면…… 실컷 달려보았으면…… 나무들을 보고 좋은 향기라도 맡았으면……. 맙소사! 이 무슨 증오, 이 무슨 원한이란 말인가! 그렇게 모든 것에 침을 뱉고 모든 것을 더럽혀야 속이 시원하단 말인가! 오, 비참한 인간! 그리고 그 모든 게 마치 내게 옮아온 것 같았으니!

　나는 화가 치밀어 방 안을 이리저리 마구 걸어 다녔습니다. 내 귀에는 여전히 딸을 향한 그의 냉소적인 말들이 떠도는 것 같았습니다.

　그런데 갑자기 빅슈가 앉았던 의자 곁에서 무언가 내 발에 툭 걸리는 걸 느꼈습니다. 허리를 숙여보니 그의 손가방이 눈에 띄었습니다. 네 귀가 해진 반들반들하고 두툼한 손가방이었습니다.

그는 잠시도 그 손가방을 손에서 놓은 적이 없었으며 스스로 농담처럼 '독주머니'라고 부르며 웃곤 했습니다. 그 손가방은 우리들 사이에서는 지라르댕(프랑스 신문 창립자) 씨의 그 유명한 가방만큼이나 잘 알려져 있었습니다. 그 안에는 끔찍한 것들이 들어 있을 것이라고들 했지요. 내게 사실을 확인할 좋은 기회가 온 것입니다. 낡은 손가방은 안에 들어 있는 것이 너무 많아서 바닥에 떨어지면서 열려 있었고 속에 들었던 종이들이 카펫 위에 뒹굴고 있었던 거지요. 나는 그 종이들을 하나씩 하나씩 주워 모아야 했습니다.

그중에 꽃무늬 종이에 쓴 편지들이 한 묶음 있었습니다. 한결같이 '사랑하는 아빠에게'라고 시작하고 있었고 끝에는 '마리아의 자녀 수도회에서, 셸린 빅슈'라는 서명이 있었습니다. 그리고 위막성 후두염, 경련, 성홍열, 홍역 등에 관한 오래된 처방전들이 있었습니다. 가엾게도 그 소녀는 그 모든 병을 다 앓았던 거지요.

이어서 밀봉한 큰 봉투가 있었습니다. 그 속에는 소녀들이 쓰는 모자에서 뜯어낸 듯한 곱슬곱슬한 노란 머리카락 두세 가닥이 들어 있었고 봉투 겉에는 떨리는 손으로 쓴 글씨가 적혀 있었습니다.

셀린의 머리카락, 5월 13일 그곳에 들어가는 날 자른 것

그것이 바로 빅슈의 손가방에 들어 있는 것이었습니다.

자, 파리 분들, 당신들도 마찬가지 아닌가요. 혐오, 빈정거림, 악마적인 냉소, 잔인한 농담, 그리고 마지막으로는……

5월 13일에 자른 셀린의 머리카락

황금 뇌를 가진 사내의 전설

즐거운 이야기를 해달라는 부인께

부인, 부인의 편지를 읽으니 후회가 되는군요. 제가 들려드린 짧은 이야기들이 너무 칙칙한 색깔을 띠고 있는 것 같아서 스스로를 원망했습니다. 그래서 오늘은 뭔가 유쾌한 이야기를, 그것도 엄청나게 유쾌한 이야기를 해드리겠다고 스스로 다짐했습니다.

도대체 제가 슬퍼해야 할 이유가 어디 있나요? 파리의 안개로부터 1,000리나 떨어진 곳, 햇빛 쨍쨍한 언덕 위 북소리와 사향 포도주의 고장에서 지내고 있으면서 말입니다. 집 주위로는 온통 햇빛과 음악뿐이지요. 도요새 교향악단, 박새 악단 들이 있지요. 아침이면 마도요가 '꾸룩! 꾸룩!' 우짖고 낮에는 매미가, 이어서 목동들의 피리 소리와 포도밭에서 깔깔거리는 갈색머리 아름다운 처녀들의 웃음소리가……. 정말이지 침울한 생각 따위와는 전혀 어울리지 않는 곳이지요. 그보다는 부인들께 장밋빛 시와 즐거운 이야기가 가득 들어 있는 바구니를 보내야 마땅한 곳이지요.

그런데, 그렇지 않답니다. 저는 아직 너무 파리 가까이 있습니다. 파리는 이곳 솔숲까지 매일 슬픔이 배어 있는 흙탕물을 제게 보내고 있습니다. 이 편지를 쓰고 있는 지금 이 순간에도 저는 불쌍한 샤를르 바르바라(프랑스 19세기 소설가)의 비참한 죽음 소식을 방금 들은 참입니다. 그래서 제 풍차 방앗간은 온통 초상집 분위기입니다. 잘 가, 마도요새들, 잘 가, 매미들! 내 마음이 조금도 즐겁지 않아……! 그러니 부인, 오늘도 부인께 약속한 가볍고 즐거운 이야기 대신 좀 우울한 전설을 들려드릴 수밖에 없네요.

* * *

옛날에 황금 뇌를 가진 사내가 있었습니다. 그래요, 부인, 뇌

전체가 황금으로 되어 있었답니다. 그가 세상에 태어났을 때 의사는 이 아이가 살아남지 못할 것이라고 생각했답니다. 그만큼 머리가 무겁고 두개골이 엄청나게 컸거든요. 하지만 그는 살아남았고 마치 올리브 나무처럼 햇빛을 받으며 무럭무럭 자랐답니다. 단지 커다란 머리는 너무나 거추장스러워서 걸을 때마다 여기저기 부딪치는 게 보기에도 안쓰러웠지요……. 잘 넘어지기도 했고요.

그러던 어느 날이었습니다. 그가 층계에서 굴러떨어져 대리석 계단에 이마를 부딪쳤고 머리에서는 마치 금괴 부딪치는 것처럼 꽝 하는 소리가 났어요. 사람들은 그가 죽은 줄 알았습니다. 하지만 그를 일으켜보니 가벼운 상처만 났을 뿐이었고 그의 금빛 머리카락 속에 금 두세 조각이 엉겨 붙어 있었답니다. 이리하여 부모는 그 아이가 황금 뇌를 가졌음을 알게 된 거지요.

부모들은 이 사실을 비밀로 했어요. 불쌍한 아이는 아무것도 몰랐고요. 그는 가끔 부모님께 왜 자신은 다른 아이들과 어울려 문밖에서 뛰어놀면 안 되냐고 묻곤 했습니다. 그러면 어머니가 대답했습니다.

"우리 보물아! 사람들이 네게서 뭘 훔쳐 갈까봐 그런단다."

그러자 아이는 정말 누군가 자기에게서 뭔가 훔쳐 갈까봐 무척 두려워했습니다. 그는 혼자 집 안에서 놀게 되었고 아무 말 없이 이 방에서 저 방으로 무거운 발걸음을 옮기곤 했답니다.

그가 열여덟 살이 되어서야 부모님은 그가 운명적으로 타고 난 그 괴이한 비밀에 대해 알려주었습니다. 그리고 그때까지 키우고 먹여준 보답으로 약간의 금을 달라고 했습니다. 아이는 망설이지 않고 즉석에서 보답을 해드렸습니다. 어떻게? 무슨 방법으로? 그런 건 전설에 나와 있지 않네요. 그는 두뇌에서 호두알만큼 커다란 황금 조각을 하나 떼어 내어 어머니의 무릎에 자랑스럽게 던졌답니다……. 그런 뒤에 머릿속에 엄청난 부를 지니고 있는 것을 너무나 자랑스러워하며 미친 듯한 욕망에 들뜬 가운데 그는 부모 곁을 떠났습니다. 그러고는 자신의 능력에 취해서 보물을 펑펑 쓰며 세상을 돌아다녔습니다.

* * *

헤아려보지도 않은 채 왕족처럼 금을 펑펑 쓰면서 살아간 모양새를 보자면 그의 뇌는 무진장한 것만 같았습니다. 하지만 그렇지 않았어요. 뇌는 점점 고갈되어 갔고 그에 따라 그의 눈이 점차 흐릿해지고 뺨이 홀쭉해지는 게 보였습니다. 결국 어느 날, 미친 듯 방탕한 밤을 지내고 난 다음 날 새벽, 사위어가는 샹들리에 불빛 아래 지난밤 난장판 축제의 잔해 한가운데 홀로 남아 잠에서 깬 그는, 자기 뇌에서 금덩어리를 떼어낸 빈자리가 너무나 큰 것을 보고 공포에 사로잡혔습니다. 멈출 때가 된 것이지요.

그때부터 새로운 삶이 시작되었습니다. 황금 뇌를 가진 사내는 멀리 떨어진 곳에서 손수 일을 해서 살아가고자 마음먹었습니다. 구두쇠처럼 남들을 두려워하고 의심하면서 유혹도 멀리하고 스스로도 더 이상 손대고 싶지 않은 그 숙명적인 부를 잊으려 애쓰며 살기로 한 거지요……. 그런데 불행히도 한 친구가 홀로 사는 그의 뒤를 밟았습니다. 그 친구는 이 사내의 비밀을 알고 있었습니다. 어느 날 밤 이 불쌍한 사내는 머리가 깨지는 듯 아파서 소스라치며 잠에서 깨어났습니다. 멍한 상태에서 몸을 일으켜보니 그 친구가 외투 속에 뭔가를 감추고 달빛 속에서 도망치는 모습이 보였습니다.

그로부터 얼마 뒤, 황금 뇌를 가진 사내는 사랑에 빠졌고, 이번에는 모든 게 끝장나고 말았습니다……. 그는 금발의 한 작은 여자를 진심으로 사랑했습니다. 그 여자도 그를 사랑했지만 그보다는 몸치장, 하얀 깃털 장식, 부츠에 달린 예쁜 계란 모양

장식 끈 등을 더 좋아했습니다. 반쯤은 새 같고 반쯤은 인형 같은 이 귀여운 여인의 손에 들어갔다 하면 금 조각은 금세 녹아내렸고 그건 그에겐 기쁨이었습니다. 그녀는 끝없이 변덕을 부렸습니다. 하지만 그는 단 한 번도 안 된다고 말하지 않았습니다. 심지어 그녀가 힘들어할까봐 재산의 슬픈 비밀을 끝까지 알려주지 않았습니다.

"그러니까 우리는 아주 부자지요?" 그녀는 묻곤 했습니다.

가엾은 사내는 대답했습니다.

"물론이지……. 아주 부자이고말고!"

그는 아무것도 모르는 채 자신의 두뇌를 갉아 먹고 있는 이 파란 작은 새를 사랑의 눈길로 바라보며 미소 지었습니다. 하지만 이따금 공포에 사로잡힐 때도 있었습니다. 인색하게 굴어야겠다는 다짐도 여러 번 했지요. 하지만 그럴 때면 이 귀여운 작은 새가 폴짝폴짝 뛰어와서 이렇게 말했습니다.

"여보, 당신 부자잖아! 아주 비싼 걸 좀 사줘요."

그러면 그는 아주 값비싼 것을 사주었습니다.

그렇게 2년이 흘러갔습니다. 어느 날 작은 여자가 마치 새처럼 이유도 모르는 채 죽었습니다. 황금은 거의 바닥이 난 상태였습니다. 혼자가 된 사내는 마지막 남은 금으로 장례식을 멋지게 치러주었습니다. 요란한 조종이 울렸으며 묵직한 사륜마차에는 검은 휘장을 둘렀고, 말은 온갖 깃털로 화려하게 장식했으며 드리워진 벨벳 휘장에는 눈물 모양의 은장식을 박아 넣는 등 온갖 멋을 다 부렸지만 그는 별로 성이 차지 않았습니다. 이제 머릿속의 금이 무슨 소용이 있었겠어요? 그는 남은 금을 성당에 기부하고 운구하는 사람들에게도 주고, 사자(死者)용 장식품들을 파는 여인들에게도 주었습니다. 여기저기 흥정도 하지 않고 금을 마구 뿌렸습니다. 그래서 묘지에서 나올 때는 그 기적의 뇌에는 두개골 틈 사이에 몇 조각의 금 부스러기만 남아 있을 뿐이었습니다.

이어서 그가 정신이 나간 표정으로 두 손을 앞으로 내밀고 마치 취한 사람처럼 비틀거리며 거리를 걷는 모습이 보였습니다. 그날 저녁, 장터에 불이 켜질 무렵 갖가지 옷감과 장신구들이 불빛을 받아 반짝이고 있는 진열장 앞에 그가 발걸음을 멈추었습니다. 그는 백조 깃털로 가장자리를 두른 파란 비단 구두를 들여다보며 오랫동안 서 있었습니다.

그는 '이 구두를 사주면 정말 기뻐할 사람을 내가 알고 있는데……'라고 중얼거리며 미소를 지었습니다. 그는 그 작은 여인이 죽었다는 사실도 잊고 가게 안으로 들어갔습니다.

가게 여주인의 귀에 매장 뒤편 안쪽에서 큰 비명 소리가 들렸습니다. 그녀는 그곳으로 달려갔다가 한 사내가 서 있는 모습을 보고 놀라서 뒷걸음질을 쳤습니다. 그는 계산대 쪽으로 다가오며 그녀를 멍한 표정으로 고통스럽게 바라보고 있었습니다. 그의 한 손에는 백조 깃털 장식을 두른 파란 비단 구두가 들려 있었고 피투성이가 된 다른 한 손에는 금 부스러기가 손톱 끝까지 들러붙어 있었습니다.

부인, 이것이 황금 뇌를 가진 사내의 전설입니다.

* * *

환상적인 이야기처럼 보이겠지만 이 전설은 처음부터 끝까지 실화랍니다……. 세상에는 머리를 짜내어 살아가야 하는 팔자를 타고 난 불쌍한 사람들이 있지요. 그들은 인생에서 정말 하찮은 것들을 구하기 위해 자기 뇌수와 실체로 빚은 멋진 순금으로 값을 치릅니다. 그것이 그들이 매일 마주해야만 하는 고통이랍니다. 그러다가 그런 고통에 지치게 되면…….

두 채의 주막

　7월 어느 날 오후, 님에서 돌아오는 길이었습니다. 숨이 막힐 만큼 더운 날씨였습니다. 대기를 온통 채우고 있는 뿌연 은빛 햇살 아래, 불붙는 듯 뜨거운 하얀 길이 먼지를 풀풀 날리며 양쪽 올리브 나무 밭과 작은 참나무들 사이로 까마득히 뻗어 있었습니다. 그늘 한 점 없었고 바람 한 줄기 불어오지 않았습니다. 오로지 무더운 대기의 떨림과 귀청을 찢을 것처럼 미친 듯 날카롭게 울어대는 빠른 박자의 음악 같은 매미 소리뿐이었습니다. 마치 이 거대한 빛의 떨림이 내는 소리 같았습니다. 나는 두 시간 동안 인적이라곤 없는 황량한 길을 걷고 있었습니다. 그런데 갑자기 먼지들 속에서 하얀 집들이 내 눈앞에 모습을 드러냈습니다.

그곳은 '생 뱅상 역참'이라고 불리는 곳으로서 농가 대여섯 채와 붉은 지붕의 기다란 헛간들이 있었으며 앙상한 무화과나무 숲속에 물도 없이 텅 빈 말구유가 놓여 있었습니다. 그리고 마을 저 끝에 두 주막집이 길을 사이에 두고 마주 보고 서 있었습니다.

　그 두 주막집이 그렇게 서로 마주 보고 이웃해 서 있는 모습은 뭔가 충격적인 데가 있었습니다. 한쪽에 있는 큰 집은 새집이었고 활기가 넘쳤으며 문이란 문은 다 열려 있었습니다. 그리고 그 집 앞에 합승 마차가 멈춰 서 있었습니다. 마차에서 풀려난 말들의 몸에서 김이 모락모락 피어오르고 있었으며 마차에서 내린 승객들은 좁은 벽 그늘 속에서 급히 물을 마시고 있었습니다. 마당에는 노새와 수레로 발 디딜 틈도 없었으며 마차꾼들은 더위가 가시기를 기다리며 헛간 아래 누워 있었습니다. 집 안에서는 고함 소리, 욕설, 주먹으로 식탁을 내리치는 소리, 술잔 부딪치는 소리, 당구공 소리, 레모네이드 병을 따는 소리가 요란하게 들려왔으며, 이 모든 소리들을 제압하듯 쾌활한 노랫소리가 유리창을 뒤흔들 정도로 쩌렁쩌렁 울리고 있었습니다.

아름다운 마르고통

이른 아침 일어나

은 물병을 들고

샘가로 갔다네…….

　반대로 맞은편 주막은 조용했고 마치 버려진 집 같았습니다. 현관 앞에 잡초가 자라고 있었고 덧창은 부서져 있었으며 문 위에는 온통 곰팡이가 피어 있는 작은 호랑가시나무 덩굴이 낡은 깃털 장식처럼 매달려 있었고 입구 계단은 길가의 돌들로 아무렇게나 괴어놓았습니다.

　정말 누추하고 애처로운 모습이어서 그 집 앞에서 발걸음을 멈추고 들어가 한 잔 마신다는 것은 정말이지 자선을 베푸는 것과 다를 바 없었습니다.

* * *

　안으로 들어가보니 손님 한 명 없이 우중충한 긴 홀이 나타났습니다. 커튼도 쳐지지 않은 커다란 창문 세 개를 통해 들어온 눈부신 햇살이 그 홀을 더욱 우중충하고 황량하게 만들었습니다. 먼지를 뽀얗게 뒤집어쓴 유리잔들이 아무렇게나 놓여 있는 다리가 부러진 식탁들, 네 귀퉁이의 구멍이 마치 쪽박처럼 입을 벌리고 있는 천이 찢어진 당구대, 누렇게 변색된 소파, 낡아빠진 계산대, 이 모든 것들이 불결하고 묵직한 열기 속에서 잠들어 있었습니다.

그리고 파리 떼! 파리 떼! 이제까지 그렇게 많은 파리 떼를 본 적은 없었습니다. 천장에, 유리창에, 컵에 새까맣게 붙어 있는 파리 떼……! 내가 문을 여니 마치 벌집이라도 건드린 듯 파리들이 날갯짓을 하며 붕붕거렸습니다.

홀 안쪽 유리창 앞에 한 여인이 붙어 서서 정신없이 밖을 내다보고 있었습니다. 나는 두 번이나 그녀를 불렀습니다.

"여보세요, 주인아주머니!"

그녀는 천천히 내 쪽으로 몸을 돌렸습니다. 온통 주름이 잡히고 살갗이 터진 누런 얼굴의 초라한 시골 아낙의 모습이 보였습니다. 그녀는 이 고장 할머니들이 쓰는, 레이스 달린 모자의 긴 끈으로 얼굴을 감싸고 있었습니다. 하지만 그녀는 노파가 아니었습니다. 다만 눈물을 너무 흘렸기에 그토록 찌들어버렸을 뿐이었습니다.

"왜 그러세요?" 여인이 눈물을 훔치며 물었습니다.

"뭐 좀 마시고 싶은데요."

그녀는 그 자리에서 꼼짝도 않은 채 놀란 눈으로 나를 바라보았습니다. 마치 내 말을 알아듣지 못한 것 같았습니다. 내가 다시 말했습니다.

"여기 주막집 아닌가요?"

여인은 한숨을 내쉬며 말했습니다.

"그렇긴 해요……. 주막은 주막이지요……. 그런데 손님은 왜 다른 사람들처럼 저 집으로 가지 않으셨어요? 저기가 훨씬 분위기가 좋은데……."

"나 같은 사람에게는 과분해요. 나는 여기가 더 좋습니다."

나는 그녀의 대답을 기다리지도 않고 탁자 앞에 앉았습니다.

내 말이 진담이라는 것을 알자 여주인은 서랍을 연다, 술병을 가져온다, 술잔을 닦는다, 파리를 쫓는다, 아주 부산하게 왔다 갔다 했습니다. 접대할 손님이 온 것이 무슨 큰 사건이라도 되는 것 같았습니다. 이따금 이 불행한 여인은 동작을 멈추고 머리를 감싸 쥐곤 했습니다. 도저히 끝까지 해낼 자신이 없는 듯 보였습니다.

이어서 여인은 저 안쪽에 있는 방으로 들어갔습니다. 커다란 열쇠들을 덜그럭거리는 소리, 자물쇠를 힘겹게 따는 소리, 빵 상자를 뒤적거리는 소리, 입으로 후후 부는 소리, 먼지를 터는 소리, 접시를 닦는 소리들이 들렸습니다. 이따금, 땅이 꺼질 것 같은 한숨 소리와 억지로 울음을 삼키는 소리들이 들려왔습니다.

그런 지 약 15분이 지나자 내 앞에 건포도 한 접시, 돌덩이처럼 딱딱한 묵은 보케르 빵, 시큼한 싸구려 포도주 한 병이 놓였습니다.

"자, 드세요." 그 묘한 여주인은 그 말을 하고는 다시 창문 앞에 가서 섰습니다.

* * *

포도주를 마시면서 나는 그 여인에게 말을 시켜보려고 했습니다.

"아주머니, 이 집에는 손님들이 별로 오지 않는 모양이지요?"

"그래요. 단 한 사람도……. 이 고장에 주막이 우리 하나뿐이었을 때는 그렇지 않았는데……. 검둥오리 사냥철이면 우리 집에서 잠을 자고 식사하려는 사람들로 들끓었지요. 1년 내내 마차들이 줄을 이었고요……. 하지만 저 집 사람들이 여기 와서 자리를 잡은 뒤로는 모든 걸 잃었어요. 사람들은 저 앞의 집을 더 좋아해요. 우리 집은 너무 처량하다고…….

사실 우리 집이 그다지 마음에 들만한 집은 아니지요. 게다가 저는 못생긴 데다 열병을 앓고 있어요. 두 딸도 죽었고…….하지만 저 집에서는 웃음소리가 그치지 않는답니다. 아를에서 온 여자가 경영하는 주막이지요. 레이스 달린 옷을 입고 목에는 금목걸이를 세 겹이나 두른 미인이랍니다. 역마차 마부가 애인인데 마차를 늘 저기로 몰고 간답니다. 게다가 애교 있는 여자애들을 하녀로 쓰고 있고요. 그러니 단골이 많을 수밖에요. 브주스, 르데상, 종키에르의 젊은이들이 다 몰려간답니다. 마부들도 저 집에 들르려고 일부러 길을 돌아가기도 한답니다. 저는 하루 종일 우두커니 서 있을 뿐이에요……. 찾아오는 손님 하나 없이…….”

그녀는 여전히 유리창에 이마를 댄 채 아무렇지도 않은 듯 무심하게 말했습니다. 맞은편 주막에는 그녀의 신경을 끄는 그 무언가가 있는 게 분명했습니다.

갑자기 길 건너편에서 큰 소란이 일었습니다. 승합마차가 먼지 속에서 흔들렸습니다. 이어서 채찍 소리, 나팔 소리가 들렸고 여자들이 문 앞으로 뛰쳐나오며 소리쳤습니다.

“아디우시아스(안녕히 가세요)……! 아디우시아스……!” 이어서 조금 전에 들렸던 아름다운 노랫소리가 더욱 아름답게 들려왔습니다.

> 은 물병을 들고
> 샘가로 갔다네.
> 물 긷느라 보지 못했다네.
> 세 기사가 오는 것을…….

노랫소리가 들리자 주인아주머니는 온몸을 부르르 떨더니 내게로 몸을 돌리며 낮은 목소리로 말했습니다.

"들으셨지요? 제 남편이랍니다……. 정말 노래 잘하지요?"

나는 아연해서 그녀를 바라보았습니다.

"뭐라고요? 주인 양반이라고요……? 그럼 그 양반도 저 집엘 간단 말입니까?"

그러자 그녀는 가슴 아픈 듯, 하지만 아주 나지막하게 말했습니다.

"어쩌겠어요? 남자들은 다 똑같은걸요. 여자가 우는 꼴은 보고 싶어 하지 않잖아요. 그런데 저는 딸들이 죽은 후론 노상 울고 있거든요……. 게다가 아무도 오지 않는 이 큰 집은 너무 처량하잖아……. 그러니 가엾은 조세 그 양반은 너무 갑갑해지면 건너편 집으로 가서 술을 마시지요. 목소리가 좋아서 아를 여자가 노래를 시킨답니다. 쉿……! 그이가 또 노래를 시작했어요."

그런 후 그녀는 몸을 떨면서 두 손을 앞으로 내밀었습니다. 눈물이 줄줄 흘러내리는 바람에 얼굴은 더욱 추해졌습니다. 그녀는 마치 황홀경에라도 빠진 듯, 그녀의 남편 조세가 아를 여인을 위해 불러주는 노래에 귀를 기울이고 있었습니다.

첫 번째 기사가 그녀에게 말했네.
"안녕, 귀여운 아가씨!"

고세 신부님의 영약

"이웃 형제님, 이걸 좀 마셔보세요. 정말 놀라실 겁니다."

그라브종의 본당 신부는 한 방울 한 방울, 마치 보석상이 진주알을 세듯 아주 조심스럽게 황금빛이 감도는 초록색의 따뜻하고 반짝이는 액체를 내게 조금 따라주었습니다. 그걸 죽 마시니 마치 뱃속이 환해지는 것 같았습니다.

"고세 신부님의 영약(靈藥)이라오. 우리 프로방스 지방의 기쁨이자 건강입니다." 사람 좋은 사제가 의기양양하게 말했습니다. "프레몽트레 수도원에서 빚은 거지요. 형제님 방앗간으로부터 20리 정도 떨어진 곳에 있습니다. 이 세상 온갖 술을 다 합친다 해도 이것만은 못할 것 같지 않아요? 이 영약에 얽힌 이야기는 또 얼마나 재미있다고요! 자, 한번 들어보세요."

그런 후 신부는, 십자가를 짊어진 그리스도의 작은 그림들이 걸려 있고 고운 커튼이 드리워진 사제관 식당에서 아주 순진하게 그리고 아무런 장난기도 담지 않은 채, 마치 에라스무스나 다수시(17세기 프랑스 풍자 작가)의 콩트처럼 조금은 믿기 힘들고 조금은 불경스러운 이야기를 해주었습니다.

* * *

20년 전 프레몽트레 수도사들은—우리 프로방스 사람들은 흰옷의 신부들이라고 부르지요—아주 어려운 지경에 처했습니다. 그 시절의 수도원 모습을 보셨다면 아마 가슴이 많이 아팠을 겁니다.

커다란 벽과 파콤 탑이 허물어져 가고 있었지요. 수도원 주변에는 잡초가 무성했고 작은 기둥들은 갈라졌으며 벽감(壁龕) 속에 모셔놓은 성인의 석상들도 허물어져 내렸습니다. 창문 하나 멀쩡한 것이 없었고, 제대로 서 있는 문짝은 하나도 없었습니다. 론강의 바람이 마치 카마르그 평원을 휩쓸 듯 안뜰이나 예배당 안으로 불어와 촛불을 꺼뜨리고 창유리를 지탱하는 납땜을 부수고 성수반의 물을 쏟아버렸습니다. 하지만 무엇보다

슬픈 건 텅 빈 비둘기 집처럼 조용한 종루였습니다. 종을 살 돈이 없었기에 신부들은 편도나무 가지로 만든 딱따기를 두드려 아침을 알려야 했습니다.

불쌍한 흰옷의 신부들! 지금도 성체 축일 날 창백하게 여윈 그들이 남루한 외투를 입고 줄을 지어 슬프게 걸어가던 행렬이 눈에 보이는 듯합니다. 수박과 시드르(사과주)로 겨우 연명하고 있었거든요. 맨 뒤에는 수도원장이 금박이 벗겨진 낡은 주교홀을 든 채 흰 양털 주교관을 쓰고 걸어오고 있었지요. 원장 신부는 좀먹은 주교관을 햇빛에 드러낸다는 게 부끄러운 듯 고개를 숙이고 있었습니다. 평신도회 부인들은 함께 줄지어 걸으면서 수도사들이 불쌍해서 눈물을 흘렸고 뚱뚱한 기수(旗手)들은 불쌍한 수도사들을 향해 손가락질하며 비웃듯 속삭였습니다.

"찌르레기는 떼 지어 지내다가 바싹 마르는 법이지."

실제로 저 불행한 흰옷의 신부들은 여기저기 흩어져서 각자 살아갈 방도를 찾는 게 낫지 않을까 하는 생각까지 할 처지에 이르렀습니다. 그런데 참사회에서 이 심각한 문제를 논의하고 있던 어느 날 아침, 고세 수도사가 회의 석상에서 드릴 말씀이 있다는 전갈을 해왔습니다. 참고로 말씀드리지만 당시 고세 수도사는 수도원에서 소지기 일을 하고 있었습니다. 그는 포석들

틈에서 뜯어먹을 풀을 찾는 말라빠진 암소 두 마리를 앞세우고 회랑들 사이를 오가며 하루하루 보내고 있었습니다.

그는 열두 살까지 사람들이 베공 아줌마라고 부르는 레보 근처의 정신이 좀 이상한 할멈 밑에서 자랐으며 할머니가 세상을 떠난 뒤 수도사들이 맡아서 키웠습니다. 따라서 이 불행한 목동이 배운 것이라야 겨우 소 먹이는 법과 '우리의 목자님……' 암송이 전부였습니다. 심지어 그는 그것조차 프로방스어로 겨우 떠듬거릴 정도로 머리가 둔했고 어리석었습니다. 그는 약간 공상적이기는 했지만 그래도 열렬한 기독교 신자여서 기꺼이 거친 고행복을 입고 굳은 신념으로 규율을 지켰으며 팔을 걷어붙이고 열심히 일했습니다.

단순하고 우둔한 그가 회의가 열리고 있는 방으로 들어와서 한 발을 뒤로 쭉 빼고 인사하는 모습을 보자 수도원장, 참사회원들, 회계 담당 신부 모두 웃음을 터뜨렸습니다. 염소수염에 머리가 희끗희끗한 그가 약간 얼이 빠진 듯한 표정으로 나타나면 사람들이 늘 보이던 반응이었기에 고셰 수사는 개의치 않았습니다.

"존경하는 신부님들!" 그는 올리브 열매로 만든 묵주를 만지작거리면서 선량한 목소리로 말했습니다. "속이 빈 통일수록 소리가 잘 난다는 말은 정말 옳은 말 같습니다. 이미 속을 다 파낸 제 형편없는 머리를 더 파내다보니 우리 모두를 곤경에서 구해낼 방법이 찾아진 것 같단 말씀입니다. 자, 이런 겁니다. 제가 아주 어렸을 때 저를 키워준 착한 베공 아줌마, 아시지요? (하느님 아버지! 술만 들어가면 상스러운 노래를 부르던 그 불행한 망나니 할망구를 거두어주시길!) 그런데 제가 드릴 말씀은, 그 베공 아줌마가 살아 있을 때 코르시카의 티티새만큼, 아니 그 이상으로 산에서 자라는 약초에 대해 두루 꿰고 있었단 말입니다. 그뿐 아닙니다. 베공 아줌마는 돌아가시기 전에 저랑 알피유산에 함께 가서 따온 대여섯 가지 약초를 섞어서 그 무엇과도 비교할 수 없는 영약을 만들었습니다. 벌써 오래전 일입지요. 하지만 성 아우구스티누스의 도우심과 수도원장님의 허락만 있다면 제가 열심히 연구해서 그 신비스러운 영약 제조법을 다시 찾아낼 수 있을 것 같습니다. 그런 후 그것을 병에 넣어서 좀 비싸게 팔기만 하면 되는 거지요. 그러면 우리 수도원도 트라프나 그랑드의 수도원처럼 돈을 벌 수 있을 것입니다.”

그는 미처 이야기를 끝낼 수가 없었습니다. 수도원장이 벌떡 일어나 그의 목을 껴안은 것입니다. 참사 회원들은 그의 두 손을 잡았습니다. 그 누구보다 감동한 회계 담당 신부는 존경의

표시로 다 해진 그의 두건 자락에 입을 맞추었습니다. 그런 후 모두 제자리로 돌아가 심의를 했습니다. 참사회는 고셰 형제가 영약 제조에 전념할 수 있도록 암소들을 앞으로 트라지빌 수사에게 맡기기로 의결했습니다.

* * *

그 선량한 수사가 어떻게 베공 아줌마의 비법을 되찾을 수 있었을까요? 얼마나 애를 썼을까요? 얼마나 많은 밤을 지새웠을까요? 그에 대한 이야기는 전해지지 않고 있습니다. 다만 확실한 것은 6개월이 지나자 흰옷의 신부들의 영약은 이미 인기 상품이 되었다는 사실입니다. 백작령과 아를 지방 전체에서, 광 속 포도주병과 올리브 절임 단지 사이에 프로방스의 문장으로 봉인된 작은 갈색 자기(瓷器) 병이 없는 집은 한 군데도 없다고 말할 정도였습니다. 그 자기 병에는 은색 바탕에 황홀경에 빠진 수도사의 그림이 붙여져 있었지요. 이 술의 인기 덕분에 프레몽트레 수도원은 순식간에 부유해졌습니다. 파콤 탑을 다시 세우고 원장은 새 주교관을 구했으며 수도원 성당에는 아름답게 세공한 채색 유리창을 끼웠고 곱게 치장을 한 종탑에서는 부활절 아침에 크고 작은 종소리가 멀리까지 울려 퍼졌습니다.

한편 촌스러움 때문에 회의 석상에서 사람들을 그토록 웃게 만들던 고셰 수사는 이제 더 이상 그런 건 문제가 되지 않았습니다. 그는 이제 수도원 내에서 똑똑하고 박식한 고셰 신부님으로 통하게 되었습니다. 그는 수도원 내 잡다한 일에서는 완전히 손을 뗀 채 매일 주조장에 처박혀 술을 만들었고 30명의 수도사들이 그에게 약초를 따다 주기 위해 온 산을 헤맸습니다. 그 누구에게도, 심지어 수도원장에게조차 출입금지 구역인 주조장은 참사원 뜰 한쪽 끄트머리에 있는, 전에 기도실로 쓰던 버려진 건물이었습니다.

선량한 신부들은 순진하게도 그곳을 그 무언가 신비스럽고 무시무시한 곳으로 여기고 있었습니다. 어쩌다 대담하고 호기심 많은 어린 수도사들이 벽을 타고 올라간 포도 덩굴을 잡고 장미꽃 모양의 현관 창문까지 기어 올라가 안을 힐끔거린 적도 있었습니다. 하지만 화덕 위에 몸을 굽히고 있는 고셰 신부의 모습을 보고는 놀라서 그대로 땅에 굴러떨어졌지요. 붉은 사암으로 만든 증류 가마와 거대한 증류기, 수정으로 만든 뱀 모양의 증류관 등 온갖 기이한 것들이 색 유리창을 통해 들어온 붉은빛을 받아 벌겋게 물들어 있는 가운데 마술사처럼 수염을 기른 채 눈금 실린더를 손에 들고 있는 고셰 신부의 모습이 그만 큼 무서웠던 겁니다…….

해가 지고 삼종기도를 알리는 마지막 종소리가 울리면 이 신 비스러운 장소의 문이 살며시 열리고, 고셰 신부는 저녁 미사 에 참석하기 위해 성당으로 갔습니다. 그가 수도원을 지나갈 때 사람들이 그를 맞는 모습은 정말 볼만했지요! 수도사들은 그가 지나가는 길 양편에 줄을 지어 늘어서서 말했습니다.

"쉿……! 비법을 아는 분이야……!"

회계 담당 신부는 머리를 조아리고 그를 따라가며 말을 걸 었습니다. 이렇게 아부를 한 몸에 받은 채 고셰 신부는 차양이 넓은 삼각모를 후광처럼 등 뒤에 붙이고 이마를 훔치며 사람 들 사이를 걸어갔습니다. 그는 오렌지 나무가 심겨진 넓은 뜰, 새로 단 바람개비가 돌아가는 푸른 지붕을 둘러보았고, 하얗게 빛나는 수도원 경내에 들어서서는 꽃으로 장식된 우아한 작은 기둥들 사이를 평온한 얼굴로 두셋씩 짝지어 걷고 있는 참사회 원들의 모습을 아주 흡족한 표정으로 바라보았습니다.

'이 모든 게 다 내 덕분이지.'

신부는 마음속으로 생각했습니다. 그리고 그 생각을 할 때마 다 우쭐했습니다. 그리고 바로 그 때문에 벌을 받게 되었습니다. 자, 들어보시지요.

* * *

어느 날 저녁, 미사 중에 그가 극도로 흥분한 모습으로 성당에 들어온 모습을 상상해보세요. 벌겋게 상기된 얼굴에 숨을 헐떡거리며 두건도 삐딱하게 쓴 채 들어오더니, 어찌나 흥분해 있었는지 손을 댄다는 게 그만 팔꿈치까지 성수에 담가버린 겁니다. 처음에는 너무 늦게 와서 당황한 탓이라고들 생각했습니다. 그런데 그가 성당 제단에 절을 하는 대신 오르간과 설교대를 향해 절을 하고는 쏜살같이 성당을 가로질러 들어가더니 자기 자리를 찾기 위해 성가대석을 5분 이상 헤매다가 겨우 자기 자리에 앉는 게 아니겠어요? 그러더니 헤벌쭉 웃으며 몸을 좌우로 흔들어댔습니다. 그 모습을 보고 놀란 웅성거림이 성당 홀 전체에 퍼져나갔고 성무일과서를 든 수사들이 서로서로 마주 보며 쑥덕거렸습니다.

"고세 신부님이 웬일이지……? 왜 저러는 거야?"

참다못한 수도원장이 조용히 하라는 뜻으로 주교 홀로 두 번 바닥을 두드렸습니다. 성가대석에서는 시편 낭송이 이어지고 있었지만 답창(答唱)에서는 후렴을 빼먹고 말았습니다. 그런데 「아베 베룸」 성가를 부르던 중에 사달이 나고 말았습니다. 갑자기 고셰 신부가 뒤로 자빠지더니 교회가 떠나가라 노래를 부르기 시작한 겁니다.

  파리에 흰옷의 신부가 한 명 있었다네,
  파타탱, 파타탕, 타라뱅, 타라방…….

모두들 경악했습니다. 다들 자리에서 벌떡 일어났고 누군가 소리쳤습니다.

"끌어내요……! 마귀가 든 거예요!"

참사회원들은 서로 신호를 보냈고 원장 신부는 주교 홀로 바닥을 마구 두드렸습니다. 하지만 고셰 신부 눈에는 보이는 것이 없었고, 아무 소리도 들리지 않았습니다. 건장한 수도사 둘이 그를 작은 뒷문으로 끌어내야만 했습니다. 고셰 신부는 끌려 나가면서 마치 구마(驅魔) 의식을 받는 사람처럼 몸을 뒤틀며 계속 "파타탱! 타라방!"을 외쳤습니다.

고셰 신부님의 영약

125

* * *

다음 날 아침 일찍 이 불쌍한 신부는 원장의 기도실에서 무릎을 꿇고 눈물을 흘리며 참회를 하고 있었습니다.

"원장님, 그 술 때문에…… 그놈의 술 때문에……." 고셰 신부가 가슴을 치며 말했습니다. 그가 그렇게 뉘우치는 모습을 보자 사람 좋은 원장 신부의 가슴도 뭉클해졌습니다.

"자, 자, 신부님, 진정하시고……. 모든 게 해 뜨면 이슬이 마르듯 사라질 테니까……. 암튼 당신 생각처럼 그다지 큰일도 아니야. 물론, 노래가 좀…… 흠, 흠, 좀, 뭣하긴 했지만……. 신참 수사들이 듣지만 않았다면 좋겠군. 자, 이제 어쩌다 그렇게 되었는지 말해봐요. 영약을 시음하다 그렇게 된 거지? 너무 많이 마신 거야……. 그래, 이해해요. 화약을 발명한 슈바르츠 신부(14세기 독일의 신부. 오랫동안 화약을 발명한 것으로 잘못 알려져 있었다 – 옮긴이)처럼 당신도 당신 발명품의 희생자가 된 거야……. 말해보게, 이 친구야, 저 끔찍한 영약을 당신 스스로 시음해봐야만 하나?"

"원장님, 불행히도 그렇습니다. 알코올 도수야 시험관이 맞춰줄 수 있지만 끝마무리의 부드러운 맛을 내는 데는 아무래도 제 혀의 힘을 믿을 수밖에 없습니다."

"아, 알겠소……. 하지만 내 말을 더 들어봐요……. 어쩔 수 없이 그 영약을 맛봐야 했을 때 그 맛이 좋던가요? 기분이 좋던가요?"

"아아, 그렇습니다, 원장님!" 고세 신부는 새빨개진 얼굴로 대답했습니다. "이틀 전부터 맛과 향기가 얼마나 좋던지요……! 분명히 악마가 농간을 부린 겁니다……! 그래서 이제부터는 시험관만 사용할 작정입니다. 술맛이 썩 좋지 않더라도, 진주 방울이 제대로 맺히지 않더라도 할 수 없지요."

"잠깐!" 원장이 급히 그의 말을 가로막았습니다. "고객들의 불만을 사서야 쓰겠나……? 이제 문제를 알았으니 조심만 하면 돼요. 술맛을 알려면 몇 방울이 필요하지요? 열다섯 방울이나 스무 방울이면 되지 않을까……? 스무 방울이라고 칩시다. 스무 방울 정도로 신부님을 사로잡는다면 그 악마도 보통 악마가 아닐 거요……. 그리고 사고를 미연에 방지하기 위해 앞으로 신부님은 성당에 오지 않아도 돼요. 저녁 미사는 신부님 혼자 주조장에서 지내면 되지. 자, 신부님, 이제 안심해요. 무엇보다 몇 방울인지 잘 세어보도록 해요."

아아, 하지만 그 가엾은 신부가 아무리 술 방울 수를 헤아려도 소용이 없었습니다. 악마가 그를 붙잡고 놔주지 않은 거지요.

주조장에서는 이상한 미사 소리가 들려오게 되었으니!

* * *

낮에는 전처럼 아무 일도 없었습니다. 고셰 신부는 아주 얌전했어요. 그는 화덕, 증류기를 준비하고 연한 것, 회색 빛깔의 것, 톱니 모양의 것, 향기와 햇살을 잔뜩 머금은 것 등, 프로방스의 온갖 약초들을 정성껏 분류했지요. 하지만 저녁이 되어 약초들을 달여내고 영약이 붉은 구리 단지 속에서 식어갈 때면 불쌍한 사내의 수난이 시작되었습니다.

"열일곱…… 열여덟…… 열아홉…… 스물!"

묘약 방울들이 대롱을 통해 진홍빛 잔 안으로 떨어졌습니다. 신부는 스무 방울의 술을 단숨에 들이켰지만 별로 즐거움을 느끼지 못했습니다. 딱 한 방울만이라도 더 마시고 싶었습니다. 오! 그 스물한 번째 방울의 맛이란!

그러자 그는 유혹을 뿌리치기 위해 주조장 저 끝으로 가서 무릎을 꿇고 '하늘에 계신 우리 아버지……'를 열심히 외우며 기도에 빠져들었지요. 하지만 아직 따뜻한 열기를 간직한 술에서 향기를 듬뿍 머금은 가느다란 김이 모락모락 피어올라 그의 주변을 감돌더니 그를 천천히 술 단지 쪽으로 이끌고 갔습니다. 황금빛이 감도는 아름다운 초록색의 그 액체! 신부는 콧구멍을 벌름거리며 몸을 기울인 채 대롱으로 천천히 액체를 휘저었습니다. 그러자 에메랄드색의 액체가 일렁이는 가운데 반짝반짝 빛나는 작은 황금빛 조각들이 마치 자신을 바라보며 웃음 짓고 있는 베공 아줌마의 반짝이는 두 눈 같았습니다.

"좋아! 딱 한 방울만!"

그렇게 한 방울, 한 방울 하다가 이 불행한 신부님은 결국 술잔을 찰랑찰랑 채우고 말았습니다. 그런 후 기운이 쪽 빠진 그는 긴 안락의자에 쓰러져 아무렇게나 몸을 내팽개친 채 눈을 지그시 감고 조금씩 자신의 죄를 맛보았습니다. 그러고는 아주 나지막한 목소리로 달콤한 후회의 말을 중얼거렸습니다.

"오, 나는 지옥에 떨어진 거야……. 지옥에 떨어진 거야…….."

가장 끔찍했던 것은, 그가 그 악마 같은 묘약 속에서 마치 무슨 마술처럼 베공 아줌마의 상스러운 노래들을 모두 되찾아냈다는 겁니다. 「세 명의 작은 아낙네들이 질펀하게 놀자고 한다네」라든지 「앙드레 영감네 양치기 여자가 혼자 숲속에 간다네」 같은 노래들, 무엇보다도 저 유명한, 흰옷의 신부들에 관한 「파탕탱, 파탕탱」 노래가 그것들이었습니다.

다음 날 옆방 사람들이 그에게 짓궂게 "어이, 고세 신부님, 어젯밤 주무실 때 머릿속에 매미가 들어앉아 있었던 모양이지요?"라며 그를 놀렸을 때 그가 얼마나 난처했을지 생각해보세요. 그러면 그는 눈물을 흘리고 절망했으며, 단식을 했고, 두건을 경건하게 썼으며 규율을 지켰습니다. 하지만 그 어느 것도 '묘약의 악마'의 적수가 될 수 없었습니다. 매일 저녁 같은 시각 그는 다시 악마에 사로잡혔습니다.

* * *

그사이 수도원에는 마치 축복처럼 주문이 쇄도했습니다. 님에서도, 엑스에서도, 아비뇽과 마르세유에서도……. 날이 갈수록 수도원은 작은 공장처럼 되어갔습니다. 어떤 수사들은 짐을 포장하고, 다른 이들은 상표를 붙였으며, 또 다른 수사들은 장부를 기재하거나 상품을 배달했습니다.

그러다보니 하느님을 섬기는 일도 뒷전이 되어 여기저기서 종소리가 들리지 않는 일도 자주 있게 되었습니다. 하지만 이 고장의 가난한 사람들은 잃은 게 아무것도 없었습니다. 내가 정말 장담하지만…….

그러던 어느 화창한 일요일 아침이었습니다. 참사회원들이 모인 가운데 회계 담당 신부가 연말 결산서를 읽고 있었습니다. 선량한 참사회원들은 입가에 미소를 띤 채 눈을 반짝이며 귀를 기울이고 있었지요. 바로 그때 고세 신부가 회의 중간에 뛰어들며 외쳤습니다.

"다 끝났어요……. 더 이상 못하겠어요……. 제게 다시 암소를 돌려주세요!"

"무슨 일이오, 고세 신부?" 원장이 놀라서 물었습니다. 실은 무슨 일이 있었는지 빤히 짐작하고 있었지요.

"원장님, 무슨 일이냐고요……? 제가 지금 영원히 꺼지지 않는 불길과 쇠스랑 형벌을 스스로 마련하고 있습니다요. 제가 마신다고요……. 한심한 놈처럼 마시고 있단 말입니다."

"내가 방울을 세라고 하지 않았어요?"

"맞지요! 방울 수를 세라고 하셨지요! 그런데 이제 방울이 아니라 잔으로 세야 한단 말입니다! 그래요, 원장님, 그 지경이 되었습니다. 저녁마다 세 병씩! 계속 이럴 수는 없는 노릇 아닙니까요. 그러니 다른 사람에게 영약 제조를 맡겨주세요. 제가 계속 이 일을 하다가는 하느님의 불길이 저를 태워버릴 겁니다."

참사회원들은 아무도 웃지 않았습니다. 그러자 회계 담당 신부가 커다란 장부책을 흔들어대며 소리쳤습니다.

"아니, 이봐요! 우리를 망하게 만들 셈이오?"

"아니, 그럼 저보고 지옥에 떨어지란 말입니까?"

그때 원장이 자리에서 일어났습니다.

"신부님들, 모든 걸 해결할 수 있는 방법이 있습니다." 그는 주교 반지가 반짝이는 희고 아름다운 손을 뻗으며 말했습니다. "이봐요, 고세 신부님, 그러니까 악마가 저녁에만 신부님을 유혹하는 게 맞지요?"

"맞습니다, 원장님. 매일 저녁마다입니다. 그러니 이제 밤이 되기만 해도 막말로 마치 몽둥이 앞에 서 있는 당나귀처럼 땀이 비 오듯 쏟아집니다."

"좋아요! 안심해요. 앞으로는 매일 저녁 우리가 신부님을 위해, 모든 죄를 사해주시는 분이신 성 아우구스티누스의 기도문을 외울 겁니다. 그러면 신부님에게 무슨 일이 일어나건 신부님은 보호를 받을 수 있습니다. 죄를 지음과 동시에 사면을 받는 겁니다."

"오, 좋습니다. 정말 감사합니다, 원장님!"

고세 신부는 더 이상 묻지도 않고 종달새보다 더 가벼운 발걸음으로 주조장으로 돌아갔습니다.

실제로 그때부터 매일 저녁 기도를 마칠 무렵이면 기도 집전자는 늘 이런 기도로 마무리를 했습니다.

"우리 수도원을 위해 자신의 영혼을 희생하고 있는 가엾은 고세 신부를 위하여 모두 기도합시다. 오레무스, 도미네……."

어두운 성당 기도석에 무릎을 꿇고 있는 하얀 두건들 위로 마치 눈 위를 스치고 지나가는 바람처럼 기도 소리가 떨리며 흐르는 동안, 수도원 저 끝, 활활 타오르는 듯한 주조장 유리창 안에서는 고세 신부의 고함 소리 같은 노랫소리가 들려왔습니다.

> *파리에 흰옷의 신부가 한 명 있었네,*
> *파탕탱, 파탕탕, 타라방, 타라뱅*
> *파리에 흰옷의 신부가 한 명 있었네.*
> *꼬마 수녀를 춤추게 했지.*
> *트랭, 트랭, 트랭, 뜰에서*
> *꼬마 수녀를…….*

* * *

여기까지 이야기를 한 본당 신부는 갑자기 두려운 듯 이야기를 뚝 그쳤습니다.

"이런! 신도들이 이 이야기를 들었으면 어쩌지!"

Contes du Lundi

월요일 이야기

마지막 수업
– 어느 알자스 소년의 이야기

그날 아침 나는 학교에 지각을 했기에 아멜 선생님께 꾸중을 들을까봐 무척 겁에 질려 있었어요. 게다가 선생님께서 분사에 대해 우리들에게 질문하겠다고 하셨는데 하나도 모르고 있었으니까요. 순간, 수업을 빼먹고 들판에 나가 싸돌아다닐까 하는 생각까지 들었습니다.

날씨는 너무 따뜻하고 화창했습니다. 숲가에서는 티티새가 지저귀고 있었고 제재소 너머 리페르 평원에서는 프로이센 군인들이 훈련을 하고 있었습니다. 이 모든 것이 분사 문법보다 더 내 마음을 끌었습니다. 하지만 나는 꾹 참고 학교를 향해 달려갔습니다.

면사무소 앞을 지나는데 철책을 두른 게시판 앞에 사람들이 옹기종기 모여 있는 것이 보였습니다. 2년 전부터 패전이라든지, 징발, 프로이센군의 지시 등 갖가지 좋지 못한 소식들은 모두 이곳을 통해 나왔습니다. 나는 걸음을 멈추지 않은 채 생각했습니다.

'또 무슨 일이지?'

그때 내가 광장을 뛰어가는 모습을 보고 수습공과 함께 공고문을 보고 있던 대장장이 바쉬테르 영감이 소리쳤습니다.

"애야, 그렇게 서둘 것 없다. 이제 지각할 일은 없을 테니까."

나는 그가 나를 놀린다고 생각하며 아멜 선생님네 작은 뜰로 들어섰습니다.

평상시에는 수업이 시작될 때면 책상 여닫는 소리, 더 잘 외우기 위해 귀를 틀어막고 모두 함께 책을 읽어대는 소리, "좀 조용히 해!"라며 아멜 선생님이 큰 쇠 자로 책상을 두드리는 소리 등 굉장히 소란스러운 소리가 길까지 들려오곤 했습니다.

나는 이 법석을 틈타 슬며시 눈에 띄지 않게 내 자리로 갈 심산이었습니다. 그런데 그날은 마치 주일날 아침처럼 모든 게 조용하기만 했습니다. 열린 창문을 통해 급우들이 제자리에 앉아 있는 모습이 보였고 아멜 선생님은 그 무서운 쇠로 만든 자를 팔에 낀 채 왔다 갔다 하고 있었습니다. 내가 얼마나 얼굴이 붉어진 채 와들와들 떨고 있었는지 한번 생각해보세요!

그런데 아니었습니다. 아멜 선생님은 나를 보고도 조금도 화를 내지 않고 아주 부드럽게 말씀하셨어요.

"프란츠야, 어서 네 자리로 가거라. 너를 빼놓고 수업을 시작할 뻔했구나."

나는 의자를 뛰어넘어 곧바로 내 자리에 앉았습니다. 두려움이 좀 가시자 그제야 나는 우리 선생님이 장학 검열이 있는 날이나 시상식 때만 입으시는 초록색 프록코트에 가늘게 주름진 가슴 장식을 달고 수놓은 검은 비단 모자를 쓰고 있다는 것을 알아챌 수 있었습니다. 게다가 교실 전체가 뭔가 평소와는 다른 엄숙한 분위기에 휩싸여 있었습니다.

하지만 무엇보다 놀란 것은 평소라면 비어 있던 교실 뒤쪽 긴 의자에 마을 사람들이 우리처럼 조용히 앉아 있다는 사실이었습니다. 삼각모를 쓴 오제 할아버지, 전직 면장님, 전직 우체부를 비롯해 그 밖에도 다른 사람들이 앉아 있었습니다. 모두들 슬픈 얼굴이었습니다. 오제 할아버지는 가장자리가 너덜너덜한 낡은 초급 프랑스어 교과서를 무릎에 펴놓은 채 그 위에 커다란 안경을 비스듬히 올려놓고 있었습니다.

내가 어리둥절해 있는 사이 아멜 선생님이 교단으로 올라가

시더니 나를 맞을 때처럼 부드럽고 엄숙한 목소리로 말씀하셨습니다.

"애들아, 이게 내가 너희들에게 해주는 마지막 수업이다. 알자스와 로렌 지방에서는 앞으로 독일어만 가르치라는 명령이 어제 베를린에서 내려왔다……. 내일 새로운 선생님이 오실 거다. 오늘이 너희들의 마지막 프랑스어 수업 시간이다. 잘 들어주기 바란다."

선생님의 그 몇 마디 말에 나는 온통 마음이 흔들렸습니다. 이 나쁜 놈들! 면사무소 앞에 붙여놓은 게 바로 그거였구나!

내 마지막 프랑스어 수업……! 그런데 나는 아직 제대로 쓸 줄도 모른다니! 다시는 영영 더 배울 수 없단 말인가……! 그러자 내가 허비해버린 시간들, 새 둥지를 찾느라, 자르강으로 얼음을 지치러 가느라 수업에 빠진 시간들이 얼마나 아쉽던지요! 조금 전까지만 해도 그토록 따분하고 들고 다니기 무겁기만 했던 책들, 문법책이나 성인에 관한 역사책들이 정말 헤어지기 섭섭한 오랜 친구처럼 느껴졌습니다.

아멜 선생님에 대해서도 마찬가지였습니다. 이제 선생님이 떠나시면 다시 뵙지 못할 것이라고 생각하니 선생님에게 벌을 받던 생각, 쇠 자로 맞았던 일은 어디론가 다 사라져버렸습니다.

불쌍하신 선생님!

선생님은 이 마지막 수업을 기리기 위해서 멋진 나들이옷을 입으신 것이었고 동네 어르신들이 오신 것도 그 때문임을 알 수 있었습니다. 마치 자신들이 더 자주 학교에 오지 못한 것을 후회하고 있는 것 같았습니다. 또한 40년 동안 훌륭한 봉사를 해오신 우리 선생님께 감사드리고, 조국에 대해 마지막 의무를 다하고 떠나려는 것 같기도 했습니다.

내가 이런저런 생각에 잠겨 있는데 내 이름을 부르는 소리가 들렸습니다. 내가 암송할 차례였던 겁니다. 분사 문법을 큰 소리로 또렷하게, 하나도 틀리지 않고 줄줄 외울 수 있었다면 얼마나 좋았을까요. 하지만 첫 마디부터 막힌 나는 가슴이 먹먹해서 고개도 들지 못한 채 그 자리에 서서 몸만 흔들고 있었습니다. 그러자 아멜 선생님이 말씀하셨습니다.

"프란츠야, 오늘은 야단치지 않겠다. 스스로 충분히 자책하고 있을 테니까…… 늘 그런 법이지. 매일 이렇게 생각했을 거야. '시간이 많은데, 뭘……. 내일 공부하면 되지.' 그래서 이런 일이 벌어진 거란다……. 그래! 오늘 배울 것을 늘 내일로 미룬 게 우리 알자스의 불행이었단다. 이제 프로이센인들이 이렇게 말해도 할 말이 없어. '뭐야! 프랑스인이라고 우겨대면서 제 나

라 언어를 말할 줄도 모르고 쓸 줄도 모르는 거냐!' 하지만 프
란츠, 모두 네 잘못은 아니란다. 우리 모두 자책할 게 있어. 너
희 부모님들은 너희들의 교육에 별로 관심이 없었어. 너희를
밭이나 공장에 보내 돈 몇 푼 벌어오는 걸 더 반가워했지. 나
자신도 자책할 게 전혀 없을까? 공부를 시키는 대신 이따금 정
원에 물을 주라고 하지 않았던가? 내가 송어 낚시를 가고 싶을
때 너희들을 놀게 만들면서 꺼림칙하게 여기기나 했나?"

　이어서 아멜 선생님은 프랑스어에 대해 차근차근 설명해주
셨습니다. 선생님은 프랑스어가 이 세상에서 가장 아름다운 언
어이며, 가장 명확하고, 가장 변함없는 언어라고 말씀하셨습니
다. 그리고 우리가 잘 간직하고 잊지 말아야 한다고 말씀하시
면서, 비록 한 국민이 노예로 전락하더라도 언어만 잘 지키고
있으면 감옥 열쇠를 수중에 쥐고 있는 것이나 마찬가지이기 때
문이라고 하셨습니다. 이어서 선생님은 문법책을 들고 오늘 배
울 부분을 읽어주셨습니다. 나는 너무 이해가 잘 되어서 놀랐
습니다. 선생님이 말씀해주시는 하나하나가 모두 쉽고도 쉬워
보였습니다. 내가 이토록 열심히 귀를 기울여 들은 적도 없었
고, 선생님께서 이토록 참을성 있게 설명해주신 적도 없는 것
같았습니다. 가엾은 선생님은 멀리 떠나시기 전에 선생님의 모

든 지식을 우리에게 전해주고, 그것을 단숨에 우리 머릿속에 넣어주려는 것 같았습니다.

문법 수업이 끝나고 쓰기 수업으로 넘어갔습니다. 이날을 위해 아멜 선생님은 새로운 글씨 교본을 준비해서 나눠주셨는데, 거기에는 아주 예쁜 둥근 글씨체로 '프랑스, 알자스, 프랑스, 알자스'라고 쓰여 있었습니다. 마치 작은 깃발들이 우리들 책상마다 걸려서 온 교실 안에서 펄럭이는 것 같았습니다. 모두들 얼마나 열심이었는지! 또 얼마나 조용했는지! 종이 위에서 펜이 사각거리는 소리밖에는 들리지 않았습니다. 한번은 풍뎅이들이 날아들었지만 거기에 신경 쓰는 사람은 아무도 없었습니다. 심지어 제일 어린 학생들조차도 풍뎅이는 본체만체하고 줄을 열심히 긋고 있었습니다. 마치 그 줄까지도 프랑스어인 양……. 학교 지붕에서 비둘기들이 낮게 구구 울어댔고 나는 그 소리를 들으면서 생각했습니다.

'비둘기보고도 독일어로 울라고 하는 건 아니겠지?'

나는 이따금 눈을 들어 아멜 선생님을 흘낏 쳐다보았습니다. 선생님은 교탁 뒤에 꼼짝 않고 서서 주위의 것들을 뚫어져라 바라보고 계셨습니다. 마치 이 작은 학교 전체를 눈에 담아 가려는 것만 같았습니다.

생각해보세요! 선생님은 40년 동안 저렇게 교정을 마주한 채, 똑같은 교실, 똑같은 자리에 계셨던 것입니다. 다만 의자와 책상이 오래 쓰는 바람에 닳아서 반들반들해졌고 마당의 호두나무가 훌쩍 커졌으며 선생님께서 직접 심으신 홉 넝쿨이 창문을 에워싸고 지붕까지 뻗어 있을 뿐이었습니다. 이 모든 것들과 이별한다는 사실이, 또한 짐을 꾸리느라 위층에서 왔다 갔다 하는 누이의 발소리를 들어야 한다는 사실이 선생님께는 그얼마나 가슴 아픈 일이었을까요. 다음 날이면 두 분은 이곳을 영원히 떠나야만 했으니까요!

그래도 선생님은 용기를 내서 수업을 끝까지 하셨습니다. 글쓰기 수업이 끝나자 이번에는 역사 수업이 이어졌습니다. 그리고 꼬마들은 모두 입을 모아 바, 브, 비, 보, 뷔를 합창했습니다. 교실 뒤편에서는 오제 할아버지가 안경을 걸친 채 두 손으로 알파벳 책을 두 손에 들고 꼬마들과 함께 철자를 한 자, 한 자 읽어 내려갔습니다. 할아버지도 무척 열심인 것을 알 수 있었지요. 할아버지의 목소리는 감동으로 떨리고 있었고 그 이상한 소리를 듣고 있자니 우리는 웃어야 할지, 울어야 할지 모를 지경이었습니다. 아아! 나는 이 마지막 수업을 결코 잊을 수 없을 것입니다.

갑자기 교회 종소리가 정오를 알렸고 이어서 삼종기도를 알리는 종이 울렸습니다. 바로 그때 훈련을 마치고 돌아오는 프로이센군의 나팔 소리가 우리 교실 창 밑에서 들려왔습니다……. 아멜 선생님은 창백해진 얼굴로 교단에서 일어나셨습니다. 이제까지 선생님이 그처럼 커 보인 적은 없었습니다.

"여러분……." 선생님이 입을 열었습니다. "여러분, 나는…… 나는……."

하지만 선생님은 목이 메어 말을 마치지 못했습니다.

그러자 선생님은 칠판을 향해 돌아서더니 분필을 잡고 온 힘을 다해 아주 큰 글씨로 이렇게 썼습니다.

프랑스 만세!

그런 후 선생님은 벽에 머리를 기댄 채 그대로 계셨습니다. 그리고 말없이 우리를 향해 손짓하셨습니다.

'이제 끝났다……. 돌아들 가거라.'

꼬마 스파이

아이의 이름은 스텐이었다. 꼬마 스텐.

파리 태생으로 허약하고 창백한 그 아이는 열 살쯤 되었을까, 아니면 열다섯 살인지도 몰랐다. 그 또래 아이들의 나이는 종잡을 수 없는 법이다. 스텐의 어머니는 돌아가셨다. 퇴역한 해군인 아버지는 탕플가(街)에 있는 작은 공원의 관리인이었다. 아기들, 하녀들, 접이식 간이 의자를 들고 다니는 노파들, 가난한 어머니들 등 마찻길을 피해 보도와 맞붙어 있는 이 화단으로 와서 종종걸음을 걷는 모든 파리 사람들은 스텐 영감을 잘 알았고 그를 매우 좋아했다. 개들과 불량배들이 질겁하는 그의 험상궂은 콧수염 밑에는 어머니의 웃음처럼 부드럽고 선량한 미소가 숨겨져 있다는 것을 사람들은 잘 알고 있었다. 또 그 웃

음을 보려면 단지 이렇게 말하기만 하면 된다는 것도 잘 알고
있었다.

"댁의 꼬맹이는 잘 지내나요?"

스텐 영감은 그만큼 자기 아들을 사랑했던 것이다! 저녁에
아이가 학교를 마치고 자기를 데리러 와서 둘이 함께 공원 산
책로를 거닐며 벤치마다 낯익은 사람들과 인사를 나누고 덕담
을 나눌 때면 그는 너무나 행복했다.

그런데 프로이센군의 파리 포위 공략과 함께 모든 것이 변
했다. 스텐 영감의 공원은 폐쇄되었고, 그곳은 석유 저장소가
되어버렸다. 불쌍한 영감은 종일 그것을 지키느라 사람도 오
지 않고 모든 게 뒤죽박죽이 되어버린 그곳에서 담뱃불조차 붙
이지 못한 채 혼자 지내야 했고, 아들도 훨씬 늦게 집에 가서야
얼굴을 볼 수 있었다. 그가 프로이센 군인들에 대해 이야기할
때 흥분한 그의 콧수염 모습은 정말 볼만했는데……. 하지만
꼬마 스텐은 이 새로운 생활에 대해 별로 불평하지 않았다.

포위 공략이라! 개구쟁이들에게는 정말로 신나는 일이었다.
학교에 가지 않아도 된다! 수업도 없다! 날마다 방학이요, 거리
는 신나는 장터였으니…….

스텐은 저녁이 될 때까지 매일 밖에서 뛰어놀았다. 그 애는

성곽으로 행진하는 부대를 따라다녔고 특히 멋진 행진곡을 울리는 부대를 좋아했다. 스텐은 어느 부대 음악이 멋진지 훤하게 꿰고 있었다. 아이는 96대대의 행진곡은 별로이고 55대대 행진곡은 아주 멋있다고 자신 있게 말하곤 했다. 어떤 때는 기동대 훈련을 구경하기도 했다. 또 어떨 때는 줄을 서야 하는 일도 있었다. 가스등이 켜지지 않은 어두운 겨울밤에 스텐은 바구니를 팔에 낀 채 정육점이나 빵집 창살 앞에 길게 늘어서 있는 줄에 끼었다. 진흙탕에 발을 담근 채 사람들은 서로 안면을 트고 정치 이야기를 했으며 꼬마 스텐의 의견을 묻기도 했다. 스텐 영감의 당당한 아들이었으니까…….

하지만 무엇보다 재미있는 것은 브르타뉴 기동대가 포위 공략 기간에 유행시킨 저 유명한 갈로슈 놀이(코르크 마개를 쓰러뜨리는 놀이)였다. 꼬마 스텐이 성곽에도, 빵집에도 없을 때면 영락없이 샤토 도 광장의 갈로슈 판에서 그 애를 발견할 수 있었다. 물론 아이는 놀이에 끼지는 않았다. 놀이에 끼려면 돈이 많이 필요했기에 스텐은 단지 눈요기로 만족하는 수밖에 없었다.

그중에서도 특히 스텐에게 경탄을 자아내게 하는 아이가 있었다. 푸른색 바지를 입은 그 키 큰 아이는 늘 5프랑짜리 은화만 걸었다. 그 껑다리가 달릴 때는 작업복 주머니에서 은화가 짤랑거리는 소리가 들렸다. 어느 날인가, 스텐의 발밑에까지 굴러온 동전을 주우며 껑다리가 낮게 속삭였다.

"어때, 탐나지……? 어디서 얻을 수 있는지 알고 싶지? 말해 줄까?"

놀이가 끝나자 껑다리는 스텐을 광장 모퉁이로 데려가더니 프로이센 군인들에게 신문을 팔러 가자고 했다. 한 번 갈 때마다 30프랑씩 벌 수 있다는 것이었다. 스텐은 벌컥 화를 내며 거절했다. 그리고 당장 놀이판에 발을 끊고 사흘 동안 가지 않았다. 정말로 힘든 사흘이었다. 스텐은 밥도 넘어가지 않았고 잠도 오지 않았다. 밤이면 침대 발치에 갈로슈 무더기가 어른거렸고 5프랑짜리 은화가 반짝이며 멀리 도망가는 꿈을 꾸었다. 너무나 강한 유혹이었다. 나흘째 되는 날 아이는 다시 샤토 도 광장으로 갔고, 껑다리를 만났으며, 유혹에 넘어갔다.

* * *

둘은 어느 눈 내리는 새벽에 신문을 옷 속에 감추고 어깨에 천으로 된 자루를 둘러멘 채 출발했다. 플랑드르 문에 도착했을 때야 비로소 동이 텄다. 껑다리는 스텐의 손을 잡고 보초에게 다가가 처량한 목소리로 말했다. 보초는 붉은 코에 선량해 보이는 주둔병이었다.

"아저씨, 보내주실 수 없어요……? 어머니가 병들어 누워 계세요. 아빠는 돌아가셨어요. 동생과 함께 들판에서 감자라도 주울까 해서 가는 거예요."

껑다리는 울고 있었다. 스텐은 너무 창피해서 고개를 숙였다. 병사는 한순간 아이들을 바라보더니 흘낏 눈 덮인 황량한 들판으로 눈길을 돌렸다.

"얼른 지나가!" 병사가 비켜서며 말했다.

아이들은 곧바로 오베르빌리에로 향하는 길에 접어들었다. 껑다리는 낄낄거리고 있었다.

스텐은 마치 꿈속에서인 양, 병영으로 바뀐 공장들, 젖은 누더기들을 걸쳐놓은 황량한 바리케이드, 안개를 뚫고 하늘을 향해 우뚝 솟아 있기만 할 뿐 연기조차 나지 않는 금이 간 굴뚝들을 멍하니 바라보았다. 드문드문 보초들이 있었으며 두건을 뒤집어쓴 채 망원경으로 먼 곳을 살피는 장교들이 있었고 눈 녹은 물에 젖은 작은 텐트 막사들이 여기저기 보였다. 막사 앞에는 사위어가는 모닥불이 피워져 있었다. 껑다리는 길을 잘 아는지 검문을 피해 들판을 가로질렀다. 하지만 전부 다 피할 수는 없는 노릇이었고 결국 한 의용군 보초 앞에 서게 되었다. 의용군들은 두건 달린 옷을 입고 수아송행 기찻길을 따라 물이 질퍽거리는 도랑 안에 웅크리고 숨어 있었다. 이번에는 껑다리가 아무리 애원해도 아이들을 통과시켜주지 않았다. 그런데 껑다리가 울면서 애걸복걸하고 있을 때 초소로부터 나이 든 하사관이 한 명 밖으로 나왔다. 얼굴이 창백하고 주름투성이인 것이 꼭 스텐 영감을 닮은 하사관이었다.

그가 아이들에게 말했다.

"자, 자, 얘들아, 그만 울어! 보내줄게. 가서 감자를 캐오려무나. 하지만 그 전에 들어와서 몸을 좀 녹여라……. 이 꼬맹이는 몸이 온통 얼어붙었구나."

하지만, 아아, 스텐은 추워서 떨고 있던 것이 아니라 무서워서, 부끄러워서 떨고 있었던 것이다……! 초소 안에는 몇 명의 병사들이 초라하기 짝이 없는 불가에 쪼그리고 앉아 총검에 비스킷을 꽂아 데우고 있었다. 병사들이 아이들에게 자리를 내주기 위해 바싹 좁혀 앉았다. 그리고 아이들에게 알코올 두어 모금과 커피를 따라주었다. 아이들이 커피를 마시고 있을 때 장교 한 명이 초소 문 앞에 나타나서 하사관을 부르더니 몇 마디 말을 속삭이고는 다시 가버렸다.

장교가 간 뒤에 하사관이 들어오더니 환한 얼굴로 말했다.

"이보게들! 오늘 밤에 일전을 벌이게 될 거야⋯⋯. 프로이센 놈들 암호를 알아냈거든⋯⋯. 오늘 밤에 놈들에게서 그놈의 부르제를 탈환할 수 있을 거야."

그의 말이 끝나기 무섭게 브라보 소리와 웃음소리가 터져 나왔다. 병사들은 춤추고 노래하며 총검을 반짝반짝 닦았다. 그 북새통을 이용해서 아이들은 그곳에서 빠져나왔다.

참호를 지나자 들판이 펼쳐졌으며 저 멀리 총안(銃眼)이 숭숭 뚫린 기다란 백색 담이 보였다. 아이들은 바로 그 벽을 향해 가는 중이었다. 아이들은 이따금 감자를 줍는 척 허리를 굽혔다.

"돌아가자⋯⋯. 저긴 가지 말자⋯⋯."

스텐은 그곳으로 가는 동안 내내 꺽다리에게 졸랐다. 꺽다리는 어깨를 으쓱하고는 계속 앞으로 나아갔다. 갑자기 철커덕하며 총을 장전하는 소리가 들렸다.

"엎드려!" 꺽다리가 땅에 몸을 던지며 스텐에게 말했다.

꺽다리는 땅에 엎드리자 휘파람을 불었다. 눈밭 위에서 화답하는 휘파람 소리가 들렸다. 아이들은 기어서 전진했다. 벽에 다가가자 참호 속에 엎드려 있는, 때묻은 베레모를 쓴 누런 수염 둘이 나타났다. 꺽다리는 참호 속으로 뛰어들더니 스텐을 가리키며 말했다.

"내 동생이에요."

프로이센 병사는 키가 너무나도 작은 스텐을 보고는 껄껄 웃으며 스텐을 번쩍 안아 올렸다. 벽 안쪽으로는 큰 흙더미와 쓰러진 나무들이 놓여 있었고 눈 속에 파놓은 어두운 참호들이 있었으며 참호마다 똑같이 더러운 베레모를 쓴 노란 콧수염들이 아이들이 지나가는 것을 바라보며 웃고 있었다.

한쪽 구석에 정원사의 통나무집이 있었다. 프로이센군은 그 집을 참호 본부로 사용하고 있었다. 집 아래층에서는 많은 병사들이 카드놀이를 하거나 수프를 끓이고 있었다. 구수한 양배추와 돼지비계 냄새가 풍겼다. 프랑스 의용병들의 야영 캠프와는 얼마나 달랐는지! 위층으로 올라가자 장교들이 있었고 피아노 치는 소리와 샴페인 병을 따는 소리가 들렸다. 파리 아이들이 들어가자 환성이 터졌다.

아이들은 가져온 신문을 건네주었다. 그러자 장교들은 아이들에게 술을 따라주며 이야기를 시켰다. 장교들은 모두 건방지고 심술궂어 보였다. 그렇지만 껑다리는 파리 변두리의 재치 있는 말투와 불량배들이 쓰는 단어로 그들을 즐겁게 해주었다. 그들은 껑다리의 말투를 흉내 내며 웃었고 껑다리가 그들에게 선물한 파리의 진흙탕을 비웃으며 한껏 즐거워했다.

꼬마 스텐도 한마디해서 자신이 바보가 아님을 과시하고 싶었다. 하지만 알지 못할 그 무언가가 스텐이 그러지 못하도록 막고 있었다. 스텐 바로 앞에는 다른 사람들보다 더 나이가 많고 신중해 보이는 프로이센 장교가 앉아 있었다. 그는 신문을 읽고 있었다. 하지만 눈길이 스텐에게서 떠나지 않는 것으로 보아 신문을 읽는 척하고 있는 것이 분명했다. 그의 시선에는 애정과 질책의 기색이 담겨 있었다. 마치 나에게도 스텐만 한 아들이 있어, 속으로 이런 생각을 하고 있는 것 같았다.

'차라리 죽으면 죽었지, 내 아들이 저런 짓을 하는 꼴은 두고 볼 수가 없을 거야.'

그 순간부터 스텐은 어떤 손 하나가 자기 심장을 짓누르면서 심장 고동을 막고 있는 것만 같았다. 그 괴로움에서 벗어나기 위해 스텐은 술을 마셨다. 얼마 지나지 않아 눈앞이 빙빙 돌았다. 스텐은 왁자지껄 웃음소리 속에서 자기 친구가 프랑스 국민병과 그들의 훈련을 비웃는 소리, 마레 지구에서의 열병식, 요새에서의 야간 기동 훈련을 흉내 내는 소리를 어렴풋이 들을 수 있었다. 이어서 꺽다리가 목소리를 낮추어 뭐라고 속삭이자 장교들이 바싹 귀를 기울였고 표정이 심각해졌다. 이 한심한 녀석이 프랑스 의용군의 야간 기습 공격 정보를 알려주려 하고 있었던 것이다.

갑자기 정신이 번쩍 든 스텐이 벌떡 일어나며 화가 나서 외쳤다.

"야, 그건 아니야……. 난 싫어!"

하지만 꺽다리는 웃기만 할 뿐 이야기를 계속했다. 그가 이야기를 마치기도 전에 장교들은 모두 일어서 있었다. 그들 중 한 명이 아이들에게 문을 가리켰다.

"이제…… 꺼져!"

그러더니 그들은 독일어로 그들끼리 빠르게 이야기를 나누었다. 꺽다리는 돈을 철렁거리면서 마치 총독이라도 된 듯 거들먹거리며 그곳에서 나갔다. 스텐은 고개를 숙이고 뒤를 따랐다. 좀 전에 거북하기 짝이 없는 시선으로 자신을 바라보았던 장교 곁을 지날 때 스텐은 그가 혀를 차며 내뱉는 말을 들을 수 있었다.

"그러면 못쓰지……. 그런 짓을 하다니……."

스텐은 눈물이 핑 돌았다.

들판으로 나서자 아이들은 달음박질을 쳐서 재빨리 돌아왔다. 그들이 들고 있는 자루에는 프로이센 병사들이 준 감자가 가득 들어 있었다. 덕분에 아이들은 별 어려움 없이 프랑스 의용군들의 참호를 지날 수 있었다. 프랑스 의용군들은 야간 공격 준비에 여념이 없었다. 부대원들은 조용히 모여들어 벽 뒤에 집결해 있었다. 늙은 하사관은 즐거운 표정으로 바삐 병사들을 배치하고 있었다. 아이들이 곁을 지나가자 그는 아이들을 알아보고 선한 미소를 지어 보였다.

오, 그 미소는 스텐의 가슴을 얼마나 아프게 했던가! 순간, 스텐은 소리를 지르고 싶었다.

"가지 마세요……! 우리가 여러분을 배신했어요!"

하지만 "발설하면 우리는 총살당할 거야"라고 했던 꺽다리의 말이 생각나 스텐은 겁에 질려 입을 열 수 없었다.

쿠르뇌브에 이르자 아이들은 돈을 나누기 위해 빈집으로 들어갔다. 사실대로 말하기로 하자. 분배는 공평했다. 또한 예쁜 은전들이 바지 주머니에서 찰랑거리는 소리를 듣고 '이제는 갈로슈 놀이를 하러 갈 수 있겠구나'라는 생각을 하니 꼬마 스텐은 자기가 별로 끔찍한 죄를 저지른 것 같지도 않았다.

하지만 꺽다리와 헤어지고 혼자 남게 되었을 때 스텐은 그 얼마나 가련하게 되었던가! 몇 개의 성문을 지나자 꺽다리는 가버렸다. 그러자 주머니가 점점 더 무겁게 느껴졌고, 아이의 심장을 누르던 손길은 더욱더 거세게 그의 심장을 옥죄어 왔다. 파리는 이제 예전의 파리가 아니었다. 지나가는 사람들이 자기가 어디에서 오는지 훤히 알고 자기를 노려보는 것 같았다. 마차 바퀴 소리, 운하를 따라 이어지는 북소리 속에 '스파이'라는 단어가 섞여서 들려오는 것 같았다.

마침내 스텐은 집에 도착했다. 다행히 아버지가 아직 돌아오시지 않은 것을 알고 스텐은 재빨리 침실로 들어가 무겁게만 느껴지던 은화들을 베개 밑에 감추었다.

그날 저녁 스텐 영감은 더없이 기분이 좋고 즐거웠다. 상황이 호전되어 가고 있다는 지방 소식을 방금 들었던 것이다. 식사를 하면서 이 옛 병사는 벽에 걸려 있는 총을 바라보면서 웃음 띤 얼굴로 아들에게 말했다.

"얘야, 네가 좀 더 컸더라면 프로이센 놈들과 싸우러 갈 수 있었을 텐데……."

8시쯤 되었을 때 대포 소리가 들렸다.

"오베르빌이로구나……. 부르제에서도 전투가 벌어진 거야." 보루가 어디 어디 있는지 훤히 꿰차고 있는 아버지가 말했다. 꼬마 스텐은 얼굴이 하얗게 질린 채 피곤하다며 잠자리에 들었다. 하지만 잠이 오지 않았다.

대포 소리가 여전히 들리고 있었다. 어둠을 틈타 프로이센 진지를 기습했다가 매복에 걸려 쓰러지는 의용병들의 모습이 스텐의 눈앞에 훤하게 그려졌다. 자신에게 다정하게 미소 지어 주던 늙은 하사관의 얼굴이, 그가 눈 속에 쓰러져 있는 모습이 스텐에게 떠올랐다. 그리고 그와 함께 쓰러진 수많은 병사들……! 그 피의 대가가 자기 베개 밑에 숨겨져 있었다. 그리고 자기가…… 스텐 씨의 아들인 자기가…… 군인의 아들인 자기가…… 북받치는 울음 때문에 숨이 막혀 왔다. 옆방에서 아버지가 서성거리다가 창문을 여는 소리가 들렸다. 아래 광장에서는 집합 나팔소리가 울리고 기동대가 출전을 위해 점호를 하고 있었다. 바야흐로 진짜 결전이 벌어지려 하고 있었다. 불쌍한 우리 스텐은 흐느낌을 멈출 수 없었다.

"왜 그러는 거니?" 아버지가 방으로 들어서며 물었다.

소년은 더 이상 참을 수 없어 침대에서 뛰어내려 아버지 발밑에 몸을 던졌다. 그 바람에 은화들이 땅바닥에 떨어져 굴렀다.

"아니, 이게 뭐냐? 훔친 거냐?" 아버지가 몸을 부르르 떨면서 물었다.

그러자 스텐은 숨을 헐떡이며 자기가 프로이센군 주둔지에 갔다 온 일, 거기서 한 일을 다 고해바쳤다. 말을 할수록 아이의 마음이 후련해졌고, 짐을 벗은 것 같았다. 아버지는 험악한 표정으로 아들의 이야기를 들었다. 이야기가 끝나자 아버지는 머리를 감싸고 눈물을 흘렸다.

"아버지, 아버지……." 스텐은 무슨 말인가 더 하고 싶었다.

하지만 아버지는 아무 말 없이 스텐을 밀치고는 돈을 주웠다.

"이게 다냐?"

꼬마 스텐은 고개를 끄덕였다. 스텐 영감은 벽에 걸려 있던 총과 탄약통을 내리고 돈을 주머니에 넣었다.

"알았어." 그가 말했다. "내가 이걸 돌려줘야겠다."

그리고 더 이상 한 마디 말도 없이 뒤도 돌아보지 않고 밖으로 나가 밤에 출동하는 기동대에 합류했다. 그날 이후로 그의 모습은 더 이상 볼 수 없었다.

기수

연대는 철로 아래 비탈에서 전투 중이었다. 맞은편 숲속에 운집해 있는 프로이센군은 이 연대를 표적으로 삼고 있었다. 80미터 사이를 두고 양편은 서로 사격을 했다. 장교들이 소리쳤다.

"엎드려라!"

하지만 아무도 그 명령에 복종하지 않았다. 용감한 부대원들은 부대 깃발 주변에 모여 서 있었다. 석양이 지는 가운데 밀 이삭이 패어 있고 가축들이 풀을 뜯고 있는 이 거대한 지평선 아래, 앞이 보이지 않는 뿌연 연기에 휩싸여 고통받고 있는 이 인간의 무리들은 마치 무시무시한 폭풍우를 만나 숨을 곳조차 찾지 못하고 벌판에서 그 폭우를 맞은 가축 떼처럼 그곳에 서 있었다. 바로 그 비탈 위로 총탄이 마치 강철 비처럼 빗발치고 있었던 것이다!

콩 볶는 듯한 총소리, 도랑에서 굴러다니는 둔탁한 반합 소리, 팽팽하게 당겨진 채 불길한 소리를 내는 악기처럼 전장 한쪽 끝에서 다른 쪽 끝까지 길게 떨리며 울려 퍼지는 총알 날아가는 소리만이 들릴 뿐이었다. 이따금 군인들 머리 위로 솟아 있던 군기(軍旗)가 비 오듯 쏟아지는 총탄에 흔들리다가 연기 속으로 스러지곤 했다. 그때마다 총 소리와 고함 소리, 부상병들의 욕지거리를 압도하는 무겁고 긍지에 찬 목소리가 울려 퍼졌다.

"깃발을! 제군들, 깃발을!"

그러면 즉시 붉은 안개 속에서 흐릿한 그림자처럼 장교 한 명이 돌진했고 영웅적인 군기는 되살아나 전장 위에서 나부꼈다.

깃발은 스물두 번이나 쓰러졌다……! 여전히 온기가 남아 있는 그 손잡이는 스물두 번이나 죽어가는 사람 손에서 벗어났다가 다시 누군가에 의해 붙잡혀 세워졌다. 그리고 해가 졌을 때 살아남은 연대 병사들, 겨우 한 줌이 될까 말까 한 병사들은 서서히 후퇴하면서 전투를 계속했다. 이제 거의 누더기와 다름없게 된 깃발은 스물세 번째 기수인 오르뉘 하사의 손에 들려 있었다.

오르뉘 하사는 두 번이나 퇴역했다가 세 번째로 입대한 아둔한 늙은이였다. 자기 이름이나 겨우 끼적일 정도였으며 하사관 계급장을 다는 데 20년이나 걸린 사람이었다. 그의 낮고 완고한 이마, 배낭 때문에 굽은 등, 대열 속에서 무의식적으로 드러내는 졸병 같은 거동 등을 보면 그가 어린 시절을 주워온 아이처럼 어렵게 지냈으며 병영 생활을 얼마나 아둔하게 보냈는지 훤히 알 수 있었다. 게다가 그는 말도 약간 더듬었다. 하지만 기수가 되기 위해서 달변일 필요는 없었다. 전투가 있던 바로 그날 저녁 연대장이 그에게 말했다.

"이봐, 자네가 군기를 맡아. 잘 간수하도록 해."

그리고 주보 관리 여자가 비와 포화로 엉망이 된 그의 초라한 야전 점퍼 위에 소위(少尉)가 다는 금줄을 달아주었다. 그리고 그것이 평생 겸손하게 살아온 그가 처음으로 지니게 된 자부심이 되었다.

이 노병은 갑자기 몸을 꼿꼿하게 세웠다. 이제껏 구부정한 몸으로 눈을 내리깔고 걷던 이 불쌍한 사람이 이제부터 이 누더기 헝겊이 펄럭이는 것을 보려고, 이 깃발이 죽음과 배반과

패배를 딛고 그 위에 우뚝 똑바로 서 있는 것을 보려고 자랑스러운 얼굴로 시선을 드높이 향하고 있었다.

전투가 벌어지는 날, 가죽 케이스를 씌워 더욱 단단해진 깃대 손잡이를 잡고 있는 오르뉘만큼 행복해하는 모습을 여러분은 결코 본 적이 없으리라. 그는 말도 하지 않았고 움직이지도 않았다. 사제처럼 진지한 표정을 짓고 있는 것이 마치 성물(聖物)이라도 손에 쥐고 있는 것 같았다. 그의 전 생애와 그의 모든 힘이 이 아름다운 금색 누더기를 움켜잡고 있는 두 손에 몰려 있었다. 그 깃발 위로 총탄이 빗발쳤지만 프로이센군을 정면으로 노려보고 있는 그의 도전하는 듯한 눈은 이렇게 말하고 있는 것 같았다.

"어디 한번 와서 빼앗아봐라!"

그 누구도, 심지어 죽음까지도 그에게서 군기를 앗아가려는 시도를 하지 않았다. 가장 처절했던 보르니 전투, 그라브로트 전투 이후로도, 비록 찢기고 구멍이 나고 상처투성이로 속이 비칠 듯 얇아졌지만 군기는 그 어느 곳이든 마다하지 않고 출몰했다. 그리고 그 군기를 들고 있는 이는 언제나 늙은 병사 오르뉘였다.

이윽고 9월이 왔고 부대는 메츠 아래쪽에 머물렀으며 이어서 포위 봉쇄되었다. 그리고 진흙탕 속에서의 그 기나긴 휴지기간 사이 대포는 녹슬었고 이 세상 최고의 병사들은 무기력과 식량 부족과 소식 두절로 인해 사기가 떨어진 채 걸어총(총을 삼각뿔 모양으로 세워놓는 것 - 옮긴이) 상태에서 열병과 권태로 죽어갔다. 지휘관이든 병사든 모두 믿음을 상실했다.

하지만 오르뉘만은 자신만만했다. 누더기 삼색기가 모든 것을 대신했으며 그 누더기가 거기 있음을 느낄 수 있는 한 그는 잃을 것이 아무것도 없었다. 불행히도 전투가 없었기에 연대장은 그 깃발을 메츠 교외의 자기 집에 보관해두었다. 선량한 오르뉘는 마치 자기 아이를 유모에게 맡긴 어미의 심정이었다. 그는 늘 군기 생각뿐이었다.

군기를 너무 오랫동안 보지 못해 참을 수 없는 지경이 되면 그는 한걸음에 메츠로 달려갔다. 그리고 여전히 같은 곳에서 벽에 기댄 채 얌전히 있는 군기를 확인하고는 용기와 인내심이 충만해서 돌아왔다. 전투와 진격의 꿈, 삼색기가 저쪽 프로이센 진지 위에서 펄럭이는 꿈도 함께 안고 비에 젖은 막사로 돌아온 것이다.

그런데 어느 날 바젠 총사령관의 명령이 떨어지면서 그의 환상들은 여지없이 깨지고 말았다. 오르뉘가 아침에 잠에서 깨어났을 때 부대 전체가 웅성거리고 있었다. 옹기종기 모여 있는 병사들은 몹시 흥분하고 분노해 있었다. 그들의 분노가 모두 한곳을 향하고 있는 것 같았다. 그들은 마치 죄인을 가리키듯 모두 같은 방향을 향해 주먹을 휘두르며 고함을 질렀다.

"그놈을 잡아 와라! 그놈을 총살해라!"

장교들은 병사들이 하는 대로 내버려두었다. 그들은 부하들 앞에서 창피하다는 듯 멀리 떨어져서 걸음을 옮겼다. 실제로 수치였다. 훌륭하게 무장이 된, 아직도 건재한 15만 명의 병사들 앞에서 전투도 없이 병사들을 적에게 넘겨준다는 총사령관의 명령서를 방금 낭독한 것이다.

"그렇다면 깃발들은요?" 창백해진 오르뉘가 물었다. 군기는 총을 비롯해 부대에 남은 모든 것들과 함께 넘겨질 것이라는 대답이 돌아왔다. 모든 것들과 함께…….

"처…… 처…… 천벌을…… 받을 놈들……!" 가엾은 사내는 말을 더듬거렸다. "하지만 내 건 어림도 없지!" 그런 후 그는 도시 쪽을 향해 뛰어가기 시작했다.

* * *

　도시에서도 흥분해 있기는 마찬가지였다. 국민병들, 시민들, 기동대원들이 흥분해서 고함을 지르고 있었다. 치를 떨면서 총사령관을 찾아가는 대표단들이 지나갔다. 하지만 오르뉘에게는 아무것도 보이지 않고 아무 소리도 들리지 않았다. 그는 포부르그가를 걸어 올라가면서 혼자 중얼거렸다.

　"내 깃발을 빼앗아 간다고……! 어디 해보라지! 어림도 없어! 그럴 권리가 있어? 황금빛 마차니 멕시코산 접시 같은, 제놈들 물건이나 프로이센 놈들에게 줄 것이지! 그건 내 거야! 그건 내 명예라고……! 어디다 손을 대는 거야!"

　달리면서 중얼거렸기에 그는 더듬거렸고 혼잣말은 토막토막 끊어졌다. 하지만 그 늙은 병사에게는 나름대로 생각이 있었으니! 아주 단호하고 명확한 생각이었다.

　'그래, 깃발을 빼앗아서 연대 한가운데로 가져가는 거야! 나를 따르는 병사들과 함께 프로이센 놈들을 단번에 요절내버리는 거야!'

　그곳에 도착했지만 사람들은 그를 들여보내지 않았다. 연대장도 화가 나 있었기에 아무도 보려 하지 않은 것이다. 하지만 오르뉘는 막무가내였다. 그는 욕을 하고 고함을 지르고 보초를 밀어젖혔다.

"내 깃발……! 내 깃발을 내놔……!"

마침내 창문 하나가 열렸다.

"오르뉘, 자네인가?"

"네, 연대장님, 저는……."

"깃발들은 모두 병기창에 있어. 거기 가기만 하면 돼. 거기 가면 인수증을 줄 거다."

"인수증이요? 그게 무슨……?"

"총사령관의 명령이다……."

"하지만 연대장님……."

"시끄러워……. 날 좀 내버려둬!"

늙은 오르뉘는 술 취한 사람처럼 비틀거렸다.

"인수증이라……. 인수증……." 그는 기계적으로 되풀이했다. 이윽고 그는 걷기 시작했다. 그의 머릿속에 떠오른 것은 오로지 한 가지 생각뿐이었다.

'그래, 깃발이 병기창에 있어. 무슨 수를 써서라도 깃발을 가져와야 해.'

* * *

　병기창의 문은 마당에 줄지어 서 있는 프로이센군의 화물 운송차량들이 드나들 수 있도록 활짝 열려 있었다. 오르뉘는 안으로 들어가며 몸을 부르르 떨었다. 오륙십 명쯤 되는 다른 기수(旗手) 장교들이 비통한 표정으로 묵묵히 그곳에 모여 있었다. 비를 맞으며 서 있는 음울한 마차들, 모자도 쓰지 않은 채 그 뒤에 모여 있는 사람들……. 마치 장례식에 온 것 같았다.

　한쪽 구석에 바젠 부대의 모든 깃발들이 진흙투성이 포석 위에 뒤죽박죽 쌓여 있었다. 화려한 비단 넝마들, 금술 장식과 세공한 손잡이의 잔해들, 그 영광스러운 장비들이 비와 진흙으로 더럽혀진 채 땅바닥에 나뒹굴고 있는 모습보다 더 슬픈 광경이 있을까! 행정 장교 한 명이 깃발을 하나씩 들어 올리면서 연대의 이름을 호명하면 기수들은 앞으로 나가 인수증을 받았다. 뻣뻣하고 무표정한 두 명의 프로이센 장교가 깃발을 마차에 싣는 것을 점검하고 있었다.

　오, 너희들이 이렇게 가버리다니! 오, 성스럽고 영광스러운 누더기들이여! 너희의 상처를 환히 드러낸 채 날개 부러진 새처럼 서글프게 바닥을 쓸고 있구나! 그토록 아름다웠던 그대들이 이제는 더럽혀졌다는 수치심을 안고 그렇게 가버리는구나! 그대들 각자 한 조각의 프랑스를 간직한 채! 기나긴 행진을 하면서 받은 햇빛이 이제 색이 바랜 그대들의 주름 속에 남아 있구나! 너희들의 총탄의 흔적 속에, 죽어간 무명용사들의 추억을, 적의 표적이 된 깃발 아래 쓰러져간 이름 모를 무명용사들의 추억을 간직한 채⋯⋯.

"오르뉘, 자네 차례야⋯⋯. 자네 연대를 호명하잖아⋯⋯. 가서 인수증을 받아⋯⋯."

그렇다! 정말로 인수증이었다! 오, 이따위 인수증이라니!

깃발은 바로 거기, 그의 앞에 있었다. 모든 깃발 중 가장 아름다운, 가장 상처가 많은 바로 그의 깃발이었다. 그 깃발을 다시 보자 그는 자신이 아직 전투가 벌어졌던 저 비탈 위에 있는 것만 같았다. 그의 귓전에 총탄 날아가는 소리, 반합 깨지는 소리가 들렸으며 "군기들을 수호하라!"라고 외치는 연대장의 외침이 들렸다. 이어서 땅에 쓰러진 스물두 명의 전우들이 보였고 스물세 번째인 자기가 달려가서 잡아줄 손이 없어 흔들거리는 기를 다시 굳게 세우는 모습이⋯⋯. 아아, 그날 자신은 죽을 때까지 깃발을 지키고 간직하겠다고 맹세했다. 그런데 지금은⋯⋯.

그 생각을 하자 심장의 피가 온통 머리로 치솟는 것 같았다.

그는 술 취한 사람처럼 정신없이 프로이센 장교에게 달려들어 그가 그토록 사랑하던 깃발을 빼앗았다. 그는 깃발을 두 손으로 꽉 잡은 채 더 높이, 더 똑바로 깃발을 세우려고 애쓰며 외쳤다.

"깃발을……."

하지만 목이 메어 더 이상 소리가 나오지 않았다. 그는 깃대가 떨리면서 그의 손에서 빠져나가는 것을 느꼈다. 함락된 도시 위를 그토록 무겁게 내리누르는 이 무거운 대기, 이 죽음의 대기 안에서 깃발은 더 이상 나부낄 수 없었다. 자부심을 가진 그 어느 것도 살아남을 수 없었다……. 늙은 오르뇌는 그 자리에서 그대로 죽음을 맞이했다.

프랑스의 요정들
- 환상적인 이야기

"피고는 일어나시오."

재판장이 말했다.

여자 방화범들이 앉아 있는 보기 흉한 의자에서 움직임이 있더니, 그 무언가 형체가 불분명한 것이 몸을 떨면서 난간으로 와서 몸을 기댔다. 넝마, 구멍들, 헝겊 조각들, 가는 끈들, 시든 꽃들, 깃털 장식 덩어리라고 하는 것이 옳았다. 그리고 그 아래 시들고, 햇볕에 그을리고, 주름지고, 살갗이 튼 가련한 얼굴이 있었다. 주름살 한가운데에서 작고 검은 두 눈이 마치 낡은 벽 틈새에 숨어 있는 도마뱀처럼 악의로 번뜩이고 있었다.

"이름은?" 그녀에게 질문이 떨어졌다.

"멜리퀸느."

"뭐라고 했소……?"

그녀는 매우 침중한 목소리로 되풀이했다.

"멜리쥔느."

용기병 연대장처럼 짙은 콧수염을 한 재판장이 잠시 웃음을 짓더니 이어서 눈썹 하나 까딱하지 않고 말을 이었다.

"나이는?"

"이제는 모릅니다."

"직업은?"

"나는 요정입니다……!"

순간 방청객, 변호인, 심지어 검찰까지도 모두 웃음을 터뜨렸다. 하지만 노파는 조금도 동요하지 않았다. 그녀는 작지만 낭랑하고 떨리는 목소리로 말을 이었다. 그녀의 목소리는 법정 드높이 솟아올라 마치 꿈속에 들리는 목소리인 양 법정 안을 감돌았다.

"아, 프랑스의 요정들이여, 모두 어디로 갔는가? 여러분, 모두 죽었답니다. 제가 마지막 요정이지요. 이제 저밖에 남지 않았답니다. 정말이지, 너무나 큰 손실입니다. 프랑스에 요정들이 있었을 때 프랑스는 훨씬 아름다웠으니까요.

우리 요정들은 우리나라의 시였고, 신앙이었으며 천진함이었고 젊음이었습니다. 덤불로 뒤덮인 공원 깊숙한 곳, 샘가의 돌, 고성(古城)의 망루, 연못에 피어오른 안개, 늪이 있는 드넓은 광야 등, 우리들이 자주 가곤 하던 곳은 우리를 맞이하면서 무언가 마법의 기운을 띠게 되었고 한결 고결해졌지요. 사람들은 전설이 지닌 환상적인 빛에 힘입어, 우리들이 달빛 줄기를 타고 치맛자락을 끌며 사방을 돌아다니는 모습, 풀잎 끝을 밟으며 초원을 달리는 모습을 볼 수 있었지요. 농부들은 우리들을 사랑하고 숭배했습니다.

천진난만한 상상력 속에서 진주를 두른 우리의 이마, 우리의 지팡이, 우리의 마법에 걸린 물레는 숭배와 동시에 얼마간의 두려움의 대상이기도 했습니다. 그래서 우리의 샘은 언제나 맑았지요. 우리가 지키고 있는 길에서는 쟁기도 멈추었습니다. 우리들이 이 세상에서 나이가 가장 많기에 우리는 모든 오래된 것들을 존중했고 그 덕분에 사람들은 프랑스 이쪽 끝에서부터 저쪽 끝까지 숲이 자라고 돌들이 저절로 무너질 때까지 내버려두었습니다.

하지만 시대가 변했습니다. 철도가 생겼습니다. 터널을 뚫고 연못을 메우고 수많은 나무들을 잘라내는 바람에 더 이상 우리 요정들이 있을 곳이 없어졌습니다. 농부들도 점차로 우리를 믿지 않게 되었습니다. 저녁에 우리가 덧창을 두드리면 로뱅은 '바람이 부는군'이라고 중얼거리며 다시 잠을 청했습니다. 아낙네들은 우리들의 연못으로 와서 빨래를 했습니다. 그때부터 우리에게는 모든 게 끝장난 거지요. 우리는 오로지 대중들의 믿음으로 살아가는데 그 믿음을 잃는다면 모든 것을 잃은 셈이니까요.

우리의 요술 지팡이의 신비한 효력도 사라졌고 이전에 권세를 지닌 여왕이었던 우리가 이제는 잊힌 요정으로서 늙고 주름투성이의 심술궂은 할멈이 된 것입니다. 그와 함께 우리는 스스로 벌어먹어야 할 처지가 되었지요. 할 줄 아는 게 아무것도 없는 두 손으로 말입니다. 한동안 사람들은 숲에서 죽은 나무를 끌고 가거나 길가에서 이삭을 줍는 우리들과 마주치기도 했지요. 하지만 산지기는 우리를 모질게 대했고 농부들은 우리에게 돌을 던졌습니다. 그래서 시골에서 더 이상 밥벌이를 할 수 없게 된 가난한 사람들처럼 우리도 일자리를 찾아 도시로 오게 되었습니다.

방적 공장에 들어간 요정들도 있었습니다. 또 겨울에 다리 모퉁이에서 사과를 팔거나 교회 문 앞에서 묵주를 판 요정들도 있었습니다. 우리는 오렌지 수레를 끌거나 행인들에게 1수짜리 꽃다발을 내밀기도 했지만 아무도 사주는 사람이 없었습니다. 아이들은 우리들의 흔들거리는 턱을 보고 놀려댔습니다. 경찰들은 우리를 쫓아냈으며 우리는 합승 마차에 치이기도 했습니다. 그러다가 병에 걸리고 굶주림에 시달리다가 이윽고 머리 위로 무료 구호소의 시트가……. 이런 식으로 프랑스는 모든 요정들을 죽어가게 만들었습니다. 그리고 이제 그 벌을 잘도 받고 있는 거지요!

그래, 그래, 이 양반들아, 실컷 비웃어! 어쨌든 더 이상 요정이 없는 나라가 어떤 꼴이 되었는지 우리는 보았으니까. 우리를 비웃기나 하던 배부른 농부들이 프로이센 군인들에게 곳간을 열어주고 길을 알려주는 모습을 보았지요. 그래요, 로뱅은 더 이상 요술을 믿지 않아요. 하지만 그 무엇보다 조국을 믿지 않게 되었지요…….

아, 우리가 거기 있었더라면! 프랑스 땅을 밟은 독일인들은 한 명도 살아서 돌아가지 못했을 텐데! 우리의 지팡이와 도깨비불로 그들을 도랑에 처박을 수 있었을 텐데! 우리들의 이름을 달고 있는 모든 샘물에 마법의 음료를 섞어서 그들을 모두 미치게 만들었을 텐데! 우리가 달빛 아래 모임을 갖고 마법의 주문으로 도로와 강을 뒤섞어버리고 놈들이 매복하고 있는 숲을 가시덤불과 잡초로 뒤엉키게 만들어놓았을 텐데! 그렇게 되면 몰트케(프랑스와의 전쟁에서 승리한 프로이센군 사령관 - 옮긴이)의 고양이 같은 눈으로도 주변을 도저히 알아볼 수 없었을 텐데!

그렇게 되면 농부들은 우리와 함께 행군했겠지요. 우리들 연못에서 자라는 커다란 꽃들로 상처를 치료하는 약을 만들었을 것이고 거미줄을 붕대로 사용했겠지요. 그리고 전쟁터에서 죽어가는 병사는 자기 고향의 요정이 반쯤 감긴 그의 눈 위로 고개를 숙여, 숲 한 자락이나 길모퉁이 등 그의 고향을 떠오르게 하는 그 무언가를 보여주고 있는 모습을 볼 수 있었겠지요. 국가적인 전쟁 혹은 성전(聖戰)을 한다는 것은 바로 그런 것입니다. 아아, 하지만 더 이상 믿음이 존재하지 않는 나라, 요정이 사라진 나라에서는 그런 전쟁은 불가능하답니다."

여기서 떨리는 작은 목소리가 잠시 말을 멈추었고 대신 재판장이 입을 열었다.

"그 이야기들로는 당신이 병사들에게 체포되었을 때 몸에 지니고 있던 석유로 무슨 짓을 했는지는 알 수가 없군."

"네, 재판장님, 저는 파리를 불태우고 있었지요."

노파가 차분하게 대답했다.

"저는 파리를 증오하기에 불을 질렀어요. 파리가 모든 것을 비웃었기에, 파리가 우리를 죽였기에 불을 질렀어요.

학자들을 보내 우리들의 아름다운 기적의 샘을 분석하게 만들고 그 안에 철과 황이 얼마나 포함되어 있는지 밝히게 만든 것도 파리예요. 파리의 극장에서는 우리들을 비웃었지요. 우리들의 마법은 사기가 되어버렸으며 우리가 일으키는 기적은 상스러운 농담이 되어버렸어요. 그리고 불꽃놀이의 흐릿한 불빛 아래에서 천박한 얼굴들이 우리들의 장밋빛 복장을 한 채, 우리들의 날개 달린 수레를 타고 지나가는 것을 하도 많이 보았기에 사람들은 우리들 생각만 해도 비웃음을 흘리지요……

우리들의 이름을 알고 우리를 사랑하며 우리를 약간 두려워하는 아이들이 있긴 해요. 하지만 파리는 우리들의 이야기를 배울 수 있는 황금빛의 아름다운 그림책 대신 아이들의 손에 어린이용 과학책을 안겨주었어요. 그 두꺼운 책은 아이들에게 마치 회색 먼지 같은 따분함을 불러일으키고 아이들의 눈에서 우리들의 마법에 걸린 성, 마법의 거울을 지워버리지요. 오, 그래요! 나는 당신들의 파리가 불타는 모습을 보고 기뻤답니다……. 여자 방화범들의 석유통을 채운 것도 바로 나고 불 지르기 좋은 곳으로 데려간 것도 바로 나예요! '자, 나의 딸들아! 모든 것을 불태워라! 불태워라! 불태워라……!'"

"이 여자는 분명 제정신이 아니군." 재판장이 말했다. "이 여자를 데리고 가시오."

팔 집

이따금 정원의 모래와 길거리의 흙이 범벅이 되곤 하는, 아귀가 맞지 않는 어느 집 나무 문짝에 여름에는 햇살 아래 꼼짝않은 채, 가을바람에는 신음하듯 흔들리며 팻말 하나가 아주 오래전부터 매달려 있었다. '팔 집'이라는 팻말이었다. 하지만 주변이 너무 적적한 것이 마치 '버려진 집'이라고 적혀 있는 것 같았다.

하지만 거기에 누군가가 살고 있긴 했다. 벽보다 조금 높이 솟아 오른 굴뚝에서 푸르스름한 연기가 가느다랗게 피어오르고 있어, 그 빈약한 연기처럼 슬픈 누군가가 그 안에 은밀하게 숨어 있음을 보여주고 있는 것 같았다. 그리고 흔들거리는 문짝 틈으로는 잘 정돈된 작은 오솔길, 둥근 정자, 샘가 옆에 놓인 물뿌리개, 작은 집에 기대어 세워놓은 원예 도구들이 보였다. 집을 팔고 떠나기 전의 허전한 분위기와는 거리가 먼 모습이었으며 결코 버려졌거나 빈집이 아니라는 것을 과시하고 있었다.

그 집은 보통 농가에 지나지 않았지만 경사진 대지에 작은 계단으로 균형을 잡아 지었으며 2층은 그늘 쪽을 향하고 있었고 1층은 남향이었으며 그쪽은 마치 온실과도 같았다. 계단에는 종 모양의 유리 뚜껑들이 포개져 있었으며 뒤집어놓은 빈 화분들이 있었고 따뜻하고 하얀 모래 위에 제라늄과 마편초를 심어놓은 화분들이 있었다. 두세 그루의 커다란 플라타너스를 제외하면 정원에는 온통 햇살이 가득했다. 과일 나무들이 철사망 위에서 부채꼴 모양으로 뻗어나가 햇빛을 환하게 받고 있었으며 열매가 맺히는 부분에만 잎이 별로 없었다. 딸기 모종도 있었으며 길게 뻗어나간 완두콩 넝쿨도 있었다. 이 모든 것, 이 질서와 고요함 한가운데에 밀짚모자를 쓴 노인이 하루 종일 분주히 오가며 선선한 때면 식물들에 물을 주기도 했고 나뭇가지와 가장자리를 잘라내고 쳐내곤 했다.

이 노인은 이 고장에 알고 지내는 사람이 하나도 없었다. 단 하나뿐인 마을길을 돌아다니며 집집마다 들르는 빵집 주인의 마차 외에는 그 집을 찾아오는 이는 아무도 없었다. 간혹 과수원을 해보겠다는 생각에 언덕 중간의 비옥한 땅을 찾아다니던 사람들이 지나가다가 팻말을 보고 멈춰 서서 벨을 누르곤 했다. 처음에는 아무 대답도 없었다. 두 번째 벨을 누르고 나서야 뜰 안에서 천천히 나막신 끄는 소리가 들리더니 노인이 화난 모습으로 문을 빠끔히 열었다.

"무슨 일이오?"

"팔려고 내놓은 집인가요?"

"그렇소." 노인은 마지못해 대답했다. "그렇지만 미리 일러두는데, 집값이 무척 비싸오."

그는 언제고 문을 다시 닫을 태세가 된 듯 손으로 문을 가로막고 있었다. 화가 잔뜩 난 그의 눈초리는 사람들을 밖으로 내몰고 있었으며 그는 마치 용처럼 그 자리에 우뚝 버티고 서서 채소밭과 모래 뜰을 지키고 있었다. 그러면 사람들은 다시 길을 재촉하면서 '별 미친 사람 다 보았군. 집을 저렇게 지키려고 하면서 팔려고 내놓다니……'라며 혀를 끌끌 찼다.

그 비밀을 내가 알게 되었다. 어느 날 그 작은 집 앞을 지나가다가 열띠게 다투는 목소리를 듣게 된 것이다.

"아버지, 팔아야 해요. 팔아야 한다고요……. 우리랑 약속하셨잖아요……."

그러자 노인의 떨리는 음성이 들렸다.

"그런데 얘들아, 나도 팔고 싶은 생각이 굴뚝같단다……. 봐라! 팻말도 걸어놨잖니."

나는 노인이 그토록 아끼는 집을 팔도록 종용하는 사람이 파리에서 작은 가게를 열고 있는 그의 아들들과 며느리들임을 알게 되었다. 무슨 이유에서일까? 나도 모른다. 다만 일이 너무 진척이 없자 바로 그날부터 그들이 매주 일요일마다 아버지를 찾아와서 가엾은 노인에게 약속을 지키라고 닦달하고 있다는 사실만은 분명했다. 1주일 동안 내내 경작되고 씨가 뿌려진 땅조차 쉬고 있는 조용한 일요일에, 그들이 닦달하는 소리는 길가에 있는 내게도 또렷하게 들렸다. 가게를 운영하고 있는 자식들은 고리 던지기 놀이를 하면서 이야기를 나누고 말다툼을 하기도 했다. 그들의 날카로운 목소리에 섞여 나오는 돈이라는 단어가 마치 고리가 부딪쳐 내는 금속성 소리처럼 차갑게 울렸다.

저녁이 되면 모두들 떠나갔다. 그들을 길까지 몇 걸음 배웅한 노인은 재빨리 집으로 돌아오자마자 앞으로 1주일은 벌었다는 생각에 기쁜 마음으로 대문을 닫았다. 1주일 동안 집은 다시 조용해졌다. 해가 쨍쨍 내리쬐는 정원에는 무거운 발길로 모래를 다지거나 갈퀴로 고르는 소리만이 들릴 뿐이었다.

하지만 한 주, 한 주가 흐를수록 노인은 점점 더 독촉을 받았고 점점 더 고통스러워졌다. 가게 주인들은 온갖 수단을 다 동원했다. 노인의 마음을 움직이려고 손자들까지 데리고 왔다.

"할아버지, 집이 팔리면 우리랑 함께 살아요. 함께 살면 얼마나 좋아요……!"

그러고는 사방 구석에서 속닥거렸으며 오솔길을 내내 거닐며 큰 목소리로 계산을 하기도 했다. 한번은 며느리 중 한 명의 고함 소리가 내 귀에까지 들려왔다.

"이런 너절한 집은 몇 푼 나가지도 않아! 차라리 허물어버리는 게 낫지!"

노인은 아무 말 없이 듣고만 있었다. 그들은 마치 그가 죽고 없는 것처럼 말했으며 마치 그 집이 이미 허물어진 것처럼 그의 집에 대해 말했다. 노인은 허리를 굽힌 채 눈물을 글썽이며 평소처럼 가지를 쳐내고 열매를 손보기 위해 나섰다. 마치 노인의 삶이 이 조그만 땅뙈기에 너무 깊이 뿌리박혀 있어 도저히 뽑아낼 수 없는 것처럼 느껴졌다. 아닌 게 아니라 실제로 노인은 늘 떠날 시기를 미룰 생각만 하고 있었다. 여름철에 버찌, 구스베리, 카시스 등의 과일들이 아직 시큼한 맛을 내며 익어 갈 때면 그는 중얼거렸다.

"수확 때까지 기다리자……. 그다음에 팔면 되지."

하지만 과일 수확이 끝나고 버찌 철이 지나가면 그다음에는 복숭아가, 그다음에는 포도가. 이어서 포도 철이 지나고 나면 거의 눈을 맞으며 수확하는 아름다운 갈색 모과 순서가 되었다. 그리고 겨울이 왔다. 들판은 검게 변하고 뜰은 텅 비어버린다. 더 이상 지나가는 사람도 없고 집을 사겠다는 사람도 없다. 심지어 일요일마다 오곤 하던 가게 주인들도 오지 않았다. 만 3개월간의 휴식 기간 동안 씨앗을 준비하고 과일나무 가지를 자른다. 그동안 쓸모없는 팻말은 비바람에 빙글빙글 돌고 있었다.

결국 인내심에 바닥이 난 가게 주인들은 노인이 집을 사려는 사람들을 쫓아내기 위해 별별 짓을 다 한다고 생각하고 중대 결심을 하기에 이르렀다. 며느리 중 하나가 아예 노인 곁에 와서 살기로 한 것이다. 자그마한 몸집의 그녀는 아침부터 화장을 하고, 장사에 이골이 난 사람이 그렇듯이 짐짓 꾸며낸 다정하고 상냥한 태도로 사람들을 대하지만 속셈은 따로 있는 그런 여자였다.

이곳으로 오자 그녀는 마치 한길까지 자기 소유인 양 행동했다. 그녀는 문을 활짝 열어젖히고 큰 소리로 외쳤으며 지나가는 사람에게 마치 '들어와보세요. 팔려고 내놓은 집입니다!'라고 말하는 듯 미소를 던졌다.

가엾은 노인에게 이제 휴식은 없었다. 노인은 며느리가 그곳에 있다는 것을 잊으려는 듯, 또한 마치 죽음을 앞둔 사람이 두려움에서 벗어나기 위해 여러 가지 계획을 세우듯, 밭을 일구고 새로 씨를 뿌렸다. 며느리는 내내 노인을 따라다니며 툴툴거렸다.

"아니, 왜 이러시는 거예요? 무슨 소용이 있다고……. 왜 남좋으라고 사서 고생을 하시는 거예요?"

그는 대답하지 않았다. 그러고는 묘한 고집을 부리며 일에만 매달렸다. 정원을 그냥 내버려둔다는 것은 이미 뜰을 어느 정도 잃는 것과 같았고 그로부터 떨어져나가는 것과 같았으리라. 그 결과 길에는 잡초 한 포기 뿌리내리지 못했고 장미에는 쓸데없이 해로운 가지가 하나도 없었다.

그사이 집을 사겠다는 사람은 없었다. 전쟁 중이었기에 여인이 문을 활짝 열어놓고 길을 향해 상냥한 웃음을 보내도 소용이 없었다. 길에는 이삿짐만 지나갈 뿐이었고 열린 문을 통해 먼지만 들어올 뿐이었다. 날이 갈수록 여자는 예민해졌다. 파리에서의 일 때문에 돌아가야만 했다. 나는 그녀가 시아버지를 비난하는 소리, 진짜로 한바탕하는 소리, 문을 마구 두드리는 소리를 들었다. 노인은 묵묵히 등을 구부정하게 숙이고 완두콩이 자라는 모습을 바라보며 위안을 삼았다. '팔 집'이라는 팻말은 여전히 같은 곳에 걸려 덜렁거리고 있었다.

올해 내가 시골에 갔을 때 나는 그 집을 다시 보았다. 그런데, 아아! 더 이상 팻말은 걸려 있지 않았다. 찢어지고 곰팡이 핀 벽보들만이 벽에 붙어 있을 뿐이었다. 다 끝난 것이다! 집이 팔린 것이다! 회색 대문 대신 둥근 박공이 박힌 새로 칠한 초록색 대문이 있었다. 대문은 작은 창살로 되어 있어 안을 들여다볼 수 있었다.

이제 그곳은 이전의 과수원이 아니었다. 대신 화단, 잔디, 인공 폭포로 이루어진 일종의 화려하고 천박한 난장판이 그곳에 있었다. 그 모든 것들이 현관 앞에서 흔들리고 있는 커다란 금속 공 표면에 비치고 있었다. 그 금속 공 표면에 비친 오솔길에는 화려한 꽃들이 줄지어 서 있었고 두 사람의 부푼 몸도 보였다. 한 명은 얼굴이 붉은 뚱뚱한 사내로서 뜰 의자에 앉아 땀을 뻘뻘 흘리고 있었고, 다른 한 명은 역시 몸집이 큰 여자로서 물뿌리개를 흔들면서 숨을 헐떡이며 소리치고 있었다.

"봉숭아에 물을 열네 번이나 줬네!"

그 집은 한 층을 더 올리고 울타리를 새로 만들었다. 그리고 안도 새로 꾸몄다. 페인트 냄새를 풍기는 집 안에서는 누구나 다 아는 댄스곡과 폴카를 연주하는 피아노 소리가 들렸다. 그 춤곡들이 7월의 심한 먼지와 뒤섞여 거리까지 들려와 듣는 이를 더욱 무덥게 만들었으며, 이 요란한 꽃들, 뚱뚱한 여인들, 이 흘러넘치는 가벼운 즐거움 등에 내 가슴이 저려왔다.

나는 그토록 흡족한 표정으로 조용히 그곳을 거닐던 가엾은 노인을 생각했다. 그리고 밀짚모자를 쓴 채 늙은 정원사처럼 구부정한 모습으로 파리의 가게 뒤를 헤매고 있을 소심한 그의 모습을 그려보았다. 소심한 그가 권태에 지쳐 눈물을 글썽이며 그렇게 헤매고 있는 동안 그의 며느리는 새로운 계산대 뒤에서 집을 팔아 마련한 돈을 의기양양하게 짤랑거리고 있으리라.

『알퐁스 도데 단편집』을 찾아서

문학사가들은 알퐁스 도데를 자연주의 작가의 한 명으로 분류하는 것이 일반적이다. 그런데 알퐁스 도데의 실제 작품들을 읽어본 사람들은 분명 고개를 갸웃할 것이다.

에밀 졸라의 『목로주점』 해설에서 확인했듯 자연주의는 자연을 예찬하는 문학이 아니다. 자연주의의 자연은 '자연과학'에서의 자연과 같다. 즉 문학에 자연과학 이론을 도입한 것이 자연주의 문학이며 개인적인 삶이든 사회적인 삶이든 인간의 삶도 자연과학의 법칙에서 벗어나지 않는다는 믿음에서 탄생한 것이 자연주의 문학이다. 좀 과감하게 말한다면 문학이 스스로 과학의 시녀가 되겠다고 선언한 것이 자연주의 문학론이다.

따라서 자연주의 문학가는 자연보다는 인위적인 문화를 중

시하며 시골의 아름다운 전원 풍경보다는 도시인들의 삶을 즐겨 그린다. 과학보다 인위적이고 도시적인 것이 어디 있는가! 한마디로 자연주의 문학은 차가운 문학이다.

그런데 어떤가? 알퐁스 도데의 작품들이 과연 차가운가? 그렇지 않다. 온통 따뜻하다. 작품 한 줄 한 줄마다 사람의 정(情)이 배어 있고 인간성의 아름다움을 느끼게 해준다. 과학이라는 단어가 주는 미래지향적인 모습은 없고 사라져가는 것들을 향한 향수로 가득 차 있다. 무슨 연유에서 알퐁스 도데를 자연주의 작가 계열로 분류했는지 모르겠지만 그는 절대로 자연주의 작가가 아니라고 과감하게 말하고 싶다.

도데의 단편들, 특히 『풍차 방앗간에서 보낸 편지』에 실린 작품들은 매우 서정적이다. 작품 한 편, 한 편이 아름다운 시 같으며, 아름다운 그림 같다. 바로 그 시나 그림 같은 단편들 속에 우리들의 마음이 그려져 있다. 그래서 나는 그의 단편들에 대해 장황한 해설을 하고 싶지 않다. 사람의 마음은 느끼는 것이지 설명하는 게 아니기 때문이다.

하지만 딱 한 마디만 하자. 알퐁스 도데의 작품들을 읽고 그가 보수적이니, 복고적이니 하는 생각을 떠올리지 말기를 바란다. 사람들의 마음, 정 같은 것은 시간이 흘러감에 따라 잊히는 과거의 것이 아니다. 그것들은 세월이 아무리 흐르고, 세상이 아무리 바뀌더라도 늘 우리들이 사는 세상에 함께하는 것들이다.

『풍차 방앗간에서 보낸 편지』의 풍차는 증기 방앗간에 의해 밀려난 과거의 유물이 아니다. 그의 작품들은 증기 방앗간보다는 풍차 방앗간이 더 좋고 그 시절이 그립다고 회고하고 있는 것이 아니다. 그 풍차는 세상이 아무리 기계화되고 자동화되더라도 모든 사람들의 마음에 돌고 있는 풍차다. 그 풍차가 멈춰서는 것은, 과감하게 말하지만, 우리의 마음이 삭막해지는 것을 뜻한다. 어떤가? 도데의 단편들을 읽으면서 여러분 마음속의 풍차가 다시 돌아가는 것을 느꼈는가? 그 풍차는 잃어버린 과거의 유물이 아니라, 우리 마음속에 언제고 살아 있는 고향이며 이상향이다.

알퐁스 도데의 이름은 우리나라에서 아주 유명하다. 그의 단편 「별」 「마지막 수업」 등이 교과서에 실렸기 때문이다. 도데는 1840년 5월 13일 남프랑스 프로방스주의 옛 도시 님에서 태어났다. 그가 9세가 되던 해 그의 가족은 리옹으로 이사한다. 비단 공장을 운영하던 아버지가 공장을 닫았기 때문이다. 리옹에서 도매상을 하던 아버지가 완전히 파산하자 도데는 학교를 중

퇴하고 알레스라는 공립 중학교에서 자습 감독 교사 생활을 한다. 그러다가 그는 그의 형인 에르네스트 도데의 도움으로 파리로 온다.

알퐁스 도데는 1859년에는 시집을 발표하기도 하고, 1866년부터 게재한 단편 「별」「아를의 여인」 등을 실은 단편집 『풍차 방앗간에서 보낸 편지』도 발표했다. 하지만 그에게 문인으로서의 명성을 가져다준 것은 1868년 발표한 『꼬맹이』다. 그는 그 외에도 1873년 단편집 『월요일 이야기』를 발표했으며 1877년에 발표한 『나바브』에 대해 자연주의의 대가 에밀 졸라는 자연주의 소설이라고 지칭한다.

하지만 앞서 말했듯이 엄격한 과학적 관찰과 실험을 모토로 한 에밀 졸라의 자연주의와 알퐁스 도데의 작품과는 일정한 거리가 있다. 우리가 확인했듯이 알퐁스 도데의 작품에는 정감이 넘쳐흐른다. 그는 엄격한 눈으로 세상을 관찰했다기보다는 정감 어린 촉수로 세상을 어루만졌다고 보는 게 옳다. 바로 그 때문에 그의 작품들은 전 세계에서 많은 독자들을 가지고 있으며 우리나라에서는 교과서에 실리기까지 했다.

그는 1897년 파리의 자택에서 돌연 사망했다.

이 단편집에서 나는 알퐁스 도데의 『풍차 방앗간에서 보낸 편지』와 『월요일 이야기』에 실린 작품들 중, 지금도 우리의 심금을 울리기에 충분한 작품을 추려 번역했음을 밝힌다.

알퐁스 도데 단편집

생각하는 힘: 진형준 교수의 세계문학컬렉션 63

펴낸날	초판 1쇄 2021년 7월 22일

지은이	알퐁스 도데
옮긴이	진형준
펴낸이	심만수
펴낸곳	(주)살림출판사
출판등록	1989년 11월 1일 제9-210호

주소	경기도 파주시 광인사길 30
전화	031-955-1350 팩스 031-624-1356
홈페이지	http://www.sallimbooks.com
이메일	book@sallimbooks.com

ISBN	978-89-522-4297-6 04800
	978-89-522-3984-6 04800 (세트)